生活的剧场里，每个人都在独自演出。

独角戏

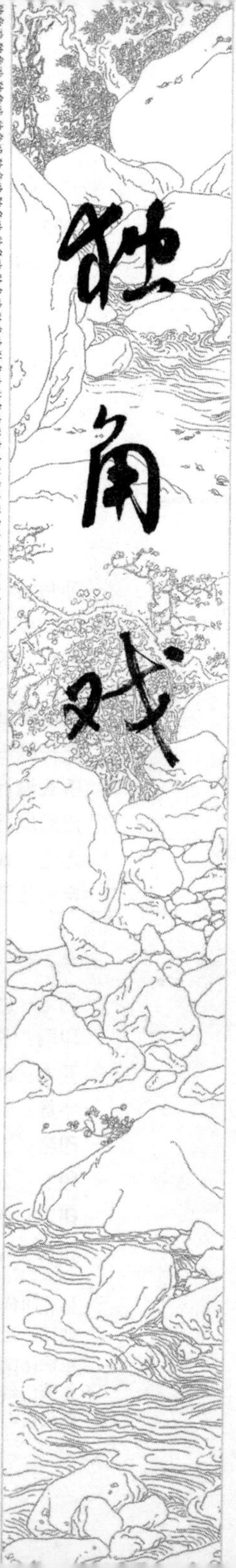

乐虹 著

天津出版传媒集团
百花文艺出版社

图书在版编目（CIP）数据

独角戏 / 乐虹著 . -- 天津 : 百花文艺出版社，2022.6

ISBN 978-7-5306-8301-9

Ⅰ . ①独… Ⅱ . ①乐… Ⅲ . ①散文集 – 中国 – 当代 Ⅳ . ① I267

中国版本图书馆 CIP 数据核字 (2022) 第 087475 号

独角戏

DUJIAOXI

乐虹　著

选题策划：王　欣　　**封面设计：**海　天

责任编辑：刘佩莲　　**封面题字：**魏湘江

版式设计：云上雅集

出版发行：百花文艺出版社

地址：天津市和平区西康路 35 号　**邮编：**300051

电话传真：+86-22-23332651（发行部）

+86-22-23332656（总编室）

+86-22-23332478（邮购部）

网址：http://www.baihuawenyi.com

印刷：长沙市精宏印务有限公司

开本：880 毫米 ×1230 毫米　1/32

字数：180 千字

印张：8.5

版次：2022 年 6 月第 1 版

印次：2022 年 6 月第 1 次印刷

定价：68.00 元

如有印装质量问题，请与长沙市精宏印务有限公司联系调换

地址：湖南省长沙市岳麓区观沙岭街道西江庭院 006 栋 705

电话：（0731）85817162

邮编：410023

序言

“独角戏”里的超然与凡尘

魏剑美

一直以为乐虹同学是个没心没肺的女子。

事实上，她也有着没心没肺的足够理由：优渥的家境，出众的成绩，高人一头的个子，播音员的甜美嗓音，弹指可破一掐出水的肌肤……

要命的是，我们就读的那所学校，就是她从小到大的家园。

熟悉的地方没风景，逼仄的空间无王子，我相信，如果可以，她一定愿意选择去个别的什么地方，哪怕是去荒芜的沙漠与一头骆驼深情对望，或者去极寒的南极与一只企鹅互怼。

也正因此，当她一屁股跌坐在篮球场上花容失色时，身为体育委员的我居然暗生欢喜：你啊你，原来也有飘不起来的时候啊！

诚实地说，乐虹同学傲而不冷，证据就是她常给周边的男女同学分发糖果吃。

我后来才知道，中文系最流行的爱情道具，一是诗歌，二就是糖果。

可惜那时候我和夏昕同学这样的穷孩子都只一心吃糖，急于弥补青春期过于骚动造成的营养不良，压根儿没想过糖果与爱情之间的微妙关联。

当然，夏昕同学和乐虹同学在当时是不可能更进一步的，道理很简单：一山不容二虎，作为全班学习成绩最好的两个人，我坚信他们都在内心里磨刀霍霍。

这里顺便鸣谢一下当时班上唯一一个具有全国知名度的校园诗人荷洁同学，正因为有他的存在，让懒散的我稳妥妥地做了两年全班倒数第二名。

倒数第二对于倒数第一的感激之情有多深，顺数第二对于顺数第一的嫉恨就有多深。

我们就读的中文系，其存在的意义一直让人怀疑，著名作家王跃文就说过他当年在火车上被人嗤笑的往事：有人问他学什么专业，他照实回答“中文”，旁边一人百思不得其解：身为中国人还要专门学中文?

不过也幸好有中文系，给了很多疯子以不容置疑的文化自信，以及很多怂货以借酒装疯的勇气。

比我们高一届的诗人吴茂盛，就曾提着两个啤酒瓶子追打年级辅导员。还有一个“知名校园诗人”平白无故突然午夜痛哭，哭得惊天地泣鬼神，正当众人惊慌失措不知如何是好之际，他却身子一歪酣然入睡。次日起来全然不记得还有此事。

我们那所母校也和所有办有中文系的其他高校一样，要说培养出多少杰出的“语言文字工作者”不好说，但若论走出的酒鬼、疯子和乱发蓬松不明觉厉的诗人，那可真还有得一说。

所以，大学毕业多年我收到乐虹同学的诗文集《蝴蝶对花的猜想》时，第一反应就是大吃一惊：没见你发过疯，也没见你喝过酒，甚至就连恋爱也似乎没见你谈过，怎么突然就成了诗人？

“男诗人”固然是酒鬼和疯子的代名词，“女诗人”多少也该有三毛式的神经质和翟永明式的撩骚风，你一个娴熟典雅温柔似水而且还一贯正确的女学霸怎么怎么怎么就成诗人了？

我得老实承认，此前我对乐虹同学的才情确实严重低估，乃至于才读几篇就有了一种羞愧，更有了一种猜疑：当年我们这些文学社团的“风云人物”有没有被她在心底里看笑话？

其时，学校“西山文学社”可能要算得上是最鼎盛的阶段，不仅吴茂盛、荷洁是具有全国性知名度的“校园诗人”，胡旭华、夏昕、唐也等也常有诗文发表和获奖，多人在大型文学刊物发表了中短篇小说和组诗。也正是在文学社，我出任了一生当中的第二次正职（第一次是小学时候出任班长），与同班的夏昕和荷洁被称为“西山三剑客”，每天做着诗歌为马、仗剑天涯的梦，坐等文艺女青年前来上当受骗。

如果能早点看到乐虹同学的诗文，可能就会让我不那么胡思乱想一些，也就不那么轻浮孟浪一些：文字玩得顺溜得多，人家只是不喜欢显山露水而已，你穷小子写几行破文字有啥可嘚瑟的？

读乐虹同学的文字给我的另外一个启示就是：即便飘然

云端的人，也有她低到尘埃的情感；看上去豁达乐天的人，也有她深入骨髓的忧伤；日常琐碎的流年，也自有它的哲理与诗情。

《独角戏》是乐虹的第二部作品集。单这书名，就透着岁月的沧桑以及沧桑过后的释然。不再年少轻狂的年龄，捧读老同学的这样一部作品，深感其文字技巧、情感体悟、思想探寻所具有的个性特色和原创魅力，与此同时，又分明被其唤醒潜伏于内心的诸多类似的情愫与声音。

多年前乐虹同学给我们的糖只有一种甜甜的味道，如今她给我们的文字却五味杂陈。

而对一个真正的诗人来说，即便是同一颗糖也可尝出酸甜苦辣涩，即便是独角戏也要出演生旦净末丑。

或许，生命自身的圆融与完美，也正是这么一个过程罢！

（魏剑美系湖南师范大学新闻与传播学院副教授、硕士生导师，中国作协会员，湖南省作协理事，入选湖南省文艺人才三百人名单。）

目录

第一辑　一些还没爱够的

第二辑　回不去的远方

第三辑　身旁卑微的事物

第四辑　被我熬老了的时间

第五辑　世界另有样子

第一辑

一些还没爱够的

走到岁月最深处

“哦，真好，你们都在这里”

候鸟飞过的天空

“楼上的抬出去了。”下班回家，老爸见我的第一句话。他说的是楼上的谢叔，前几日脑出血摔倒在洗手间，几十个小时后才被发现。

“什么时候的事?”

“今天上午。”

“哦。”淡淡地答了一句，我脱鞋，换衣，仿佛没听见。偶望一眼老爸，他看起来平静，也似乎什么都没发生。老爸和我都不说什么，时间把我们脸上的神情全都塑成了平静的模样。时间中跋涉后，我们站在相同的悲欢里。

衰老和死亡是我俩心照不宣的秘密，默契地从不触及，两条河交汇后不动声色，各自流开去。

这种小心回避从母亲离开那天开始。病痛多年，我从未想过母亲真的会离开我。尽管明知那天迟早会来，但我一味抗拒。她走后，我试图删除她留下所有的痕迹，它们是生命中难以承受之重，背负在身，我步履蹒跚。但它们如影，甚至呼吸都是她降低了音量的耳语。

我躲在夜里，成了黑暗中大雪纷飞的人。从此每走一步我就送掉一段光阴，每走一步都在向她靠近。像眉心受伤的人，留下一个朱砂的疤，回忆以它为靶心，每次都能凶狠又准确地击中它。

时间也许不是药。但有些药藏在时间里。

母亲走后，我没心没肺地活着，不再去想生命的意义。生命本来无意义。只有空才能无限包容，无意义才能接纳所有意义。

楼下有棵树，极高，树丛包围中，每一棵都必须努力向上才能吸收更多阳光。人和树，活下去都不容易。我看不清它的叶，也从未看清它锦簇的模样。绚烂和盛大没有边际，但萎谢有，萎谢了就是萎谢了，一如死亡。每一片落叶里都住着过往，像候鸟，翅膀会忠实地带回四季。

人是不是也如候鸟？

飞过时，翅膀扇起的风，传出一条新的讯息。

飞过后，天空中留不住可追溯的踪迹。

尊　严

清晨与老爸同出门。他买菜，我上班。

天冷，我劝他不必出去，下班后我可以带回来。他拒绝，说清早的菜新鲜。我明白这不是全部原因，他心疼我，怕我辛苦。他也明镜般，知我心疼他腰椎膨出严重，他这两三年行走不便。

爸和H阿姨一路聊着去哪个超市，白菜不错，还便宜。爸处级干部退休，工资虽不高，但无须这般计较。以前总觉是他习惯节俭，今却猛醒。

“人老了，一点用都没了。”几天前散步，他弄丢了手机，懊恼不已。新买的手机新潮，我意欲让他开心，没想成了烦恼——他要在手机程序上填一个简单的表格，几次都没成功，好些天都被浓浓的挫败感包围着。年轻时，他是总参直属情报部队的业务骨干，现在却面对着word文档束手无策。

“没用”，对这俩字的恐惧，才是支撑他和像他一样老去的人费力计较的隐秘力量——对日渐失控的身体和世界做最后的挽留和努力。满足他们的不是节约下来的货币，而是以此体现自己依旧保有价值。尊严是生命的最低限度，走向时间深处时，能证明它的不过是“还有用”而已。

中午回家夸夸爸买的菜。明天一起去超市。

声　音

假期的校园人声消退。从早上醒来，就入了夜。好些时候，夜晚不是时间，是一种状态。

除了我的脚步，没有别的声音。没有别的声音时，好多声音拥挤过来。

我听见风从耳边走过，走得那样慢，已走了十亿年。我听见楼下的桑树，十天前，最后一片叶掉在车顶。这时，满树的叶都回来了，唰唰往下落，发出比大雨还密集的啪啪声。我听见“外面冷，多穿点”，是母亲的声音。这声音在路上走了好些年，不知什么阻挡了它，总是远远甩在我身后，隐约地响。

我朝着这些声音走去。走过我的四十一岁，在母亲身边哭。她睡得真沉。我的声音很奇怪，那些嘶叫都死死地堵在喉咙里。再也不愿听到那样的声音了。

走过二十四，听见儿子来到人间发出的第一声。走过二十一，有鞭炮和婚礼进行曲在响。走过十八……走进她的子宫，温暖地裹紧我，耳边有浪的声音。一直走，声音的尽头，我终将和母亲在一起。

每一个白天，最后都通向夜晚。

每一种声音，最后会变成同一种声音。

百度搜索不到的地方

父亲家叫默园，我起的名字。它太普通，任何地图都搜寻不到位置，但于我而言，却是世上最静的所在，最紧要的地方。

搬到默园时母亲尚在。她穷尽半生，心愿低到不过有套自己的房子。那时母亲乳腺癌已骨转移，但终是劳心劳力将默园装修好。生命在长度和宽度间徘徊，梦想诱人，难得任性一回。

母亲走后，家中陈设未变，每一样物件都有她留下的回忆，在那些因心痛无法入眠的日子给我支持和抚慰。有些纪念无须言语，静默中时间自会让它成为永恒。

父亲年轻时从事情报工作，沉默是职业习惯，更是做人的操守。“你爸从没主动说过‘我爱你’”，母亲临走前时常念叨。甜蜜的话语可以让女人心底的花朵绽放，却似乎从未在父亲身上得到满足。父亲的爱是沉默的，他惯于用行动表达。

母亲患病六年，其间的压力和苦痛非有同样经历的人能够体会。病痛最大的折磨在于摧毁人的尊严和意志，唯恐于己于人都沦为负累。母亲的内疚毋庸置疑，加上蚀骨的疼痛，她时而小心，时而失控。时间在反复无常和各种药物难闻的气味中艰难行进，那些时日同母亲的离去一样不堪回首。但父亲从不抱怨，只默默重复磨人的琐碎。

母亲走后我搬回默园，父亲无意续弦，我能给予他的不多，最长情的就是陪伴。父女俩话不多，吃饭，散步，偶尔也拉拉家常。我无意打破这种少言的安静，在别人眼中这情形尴尬，可我却觉默契。亲情不在于谈论的多少，在于是否真正能时刻把家人放在心上。对于爱，父亲没什么华丽的理论，尽力待一个人好，不留遗憾，无愧于心，就好。

多少人沉溺在宗教里遍寻爱的坐标，我是幸运的。蓦然回首，灯火阑珊处的惊喜不是人人都能遇到。得之，惜之，行之。大爱无言，沉默中的行动不事张扬，却更有力量。

默园静默，教会我爱，教会我担当，让我不至脱离实际沦为理想主义的空幻。每感于此，心中便多一分坚定。带着这无言的爱一路前行，纵多风雨，又何惧。

一条路

多久没走了，山后那条路？这些年走过的路多了，好走的，不好走的。绊倒了爬起来，牙都咬碎了。要是起不来，就再也无路可走了。走向哪，能走多远，不知道，路太长了。

“通行证忘带。回去拿。”儿子 QQ 上发来消息。上午才提醒了的，疫情时期进出校门要查通行证。这记性，比一条鱼好不到哪去。我也差不多。年岁越长，记性越往回延伸，十年前像现在，眼前反倒像从前。他不能跟我一样啊，差了多少岁。

再大也是孩子。恨不能把自己所有的都掏给他。能有什么呢？乳房掏得干瘪了，肝啊肺啊心啊往外掏，直把身体和岁月一起掏空了。空的人，轻浮得再无分量，飘过来，荡过去。

已是下午四点半。阳光不会等通行证。“从后山走。后山不查。”规矩有时是用来僭越的。偶尔小小的不羁有挑战后的快乐。我俩都是没长大的人。

山边，猪哥哥等我。阳光缝了金衣给他披着。阿波罗样的青年，好看得过了分。他是我赤道的阳光，带着全部的暖和热。

“猪哥哥，走起。”叫猪哥哥，不叫名字。他有名字，起得郑重，全家人围一起，几个字翻来覆去地掂量。名字有什么好。不过是你家我家各占一半的未酬壮志，打了包塞在一起。起名，实在是金戈铁马的最小战场。有时也会叫他名字，只是少。喊时，我絮叨，丑，凶，惹人嫌。骂人的娘，没一点好。喊时，几个字是我俩中间高硬的墙，我一边，他另一边，中间没窗。

搂了他的腰往山上走，从前他搂我的腰，从前他矮。现在反过来了。好多事都变了，再过些时日，全都会反过来。山路窄，偎得紧紧的，高一脚低一脚蹑着走，像腾着云。心情像加了奶的咖啡，一圈圈，荡漾开的都是甜。

“这松树什么时候种的？原来没有吧？”

“以前走围墙那边。今天走的新路。”

“哦。嘤嘤嘤……摸耳朵。”猪哥哥的手伸过来。没旁人，他的开心悬在我耳垂上。俩人加起来多少岁了，我没大，他没小。我该有个母亲样。

做娘的多会把自己当孩子的救世主，无所不能样。哪能。上帝万能，也只“万”能，一万零一就不行了。他就没料到，蛇会唆使夏娃偷了智慧果。一下子失去三个宠物，上帝大约是恼羞成怒的。娘也这样，宠溺到极致，也想约束到极致。本能占一半，占有欲四分之一，恐惧四分之一。其实，哪能约束得住呢，一生出来就不由自己了。生命都有自由意志，一天天长，春天的笋样。约束不住了，只剩下摆资格讲道理，色厉内荏的，把自己逼到墙角，退路都没了，何苦。无所不能，到最后多半会是无能。人还能强过上帝？

母爱，其实是一场自我教育。

野花开着，不知道名字，管它呢。铃铛似的花萼，敲出脆响，听不清，但一定是有的。松针在脚下咯吱咯吱的，也开心。不再说话。不用说，花们松针们替我俩说。

一条路于是长起来，长下去。还是新路好。以前的不好走，是另一条。

“去柳子街转转？”以前不叫猪哥哥，不敢叫。叫名字，轻声细气地。阳春四月，亚热带的空气润润的，阳光也好。他不说话，脸刚去过北极般。眼神有把刀，扎人。拔和不拔，都是错。

沿着后山走。山路窄，一前一后，隔得远远的。铃铛样的紫花，紫得暧昧，敲得人心乱，瞎敲什么呢。真冷。这一定是个假四月，太阳也是个假太阳。要不，一块冰怎么晒不化？

“要是咬咬牙再凑合凑合，不离婚的话对他是不是更好……”复杂的事情都有着简单的原因。牙全碎了，还能咬哪。活得那么慢，还要活那么久。花都枯了，还要假装着嗅。溃烂的疮散发着臭，喷点香奈儿就行了么。不凑合了，都有路。凑合了，一条路走到黑，头破血流。

不说话。静的后面还是静。

阳光从树顶漏下来，一会明，一会暗。两个人的影子拖得长长的，一会暗，一会明。阳光终于烦了，不再出来。那样暮气，深冬样，还出来干吗呢。连影子都没了。一步，一步……好像永远走不到头。路真长。

满以为一辈子像蚯蚓，盲了眼在地底拱，拱出一堆稀糊糊的泥，一直拱到死。地下那样黑，能看得清么。看清了又能怎样，无非是哭一会，歇一会，恨一会，再继续罢了。快乐啊，忧伤啊，都是拱出的泥巴，稀里糊涂埋在地下。拱了那么久，觉着没路了，再也坚持不下去了，沮丧地要放弃，嘀，把地拱穿了。头上是天，有光，有云，有风。心轻盈起来，身体也轻盈起来，长出翅膀了，飞起来了。不拱到最后，不知道长久在地下的是能化蝉的蛹。

人生不过是一条又一条路，一次又一次咬着牙。走哪条路，都要咬着牙，都会流血，都疼。但凡有结果的决心都绝望过一次，茫茫然只剩一片残山剩水。幻想丢开了，才迈得出第一步。能下决心还不算太糟，多少像个寓言，若成了悲剧，决心已晚。还好，决心没错。

猪哥哥换了只手，摸我另一只耳朵。甜蜜的耳朵。“嘤嘤嘤……捏鼻子。”我学他，捏住他希腊式的鼻子。欢天喜地，像捏住了什么失而复得的东西。谁这么厉害，雕刻出这样挺拔的鼻子！

母子，有三分母，三分子，剩下的四分总归有点像姐弟，有点像情人。傻得可爱的两个人。虽然傻，毕竟可爱。

走出山，路宽起来。还是偎着。路走不完才好呢。明天再走一次。

哲学家

李文轩，名字儒雅，性情豪爽。皮囊和灵魂各穿各衣，各唱各戏，更何况人和其名。文轩是真豪爽。没有能担当的家底和性情，凭啥让人爽。

会做饭的女人男朋友多，会喝酒的男人，男朋友也多。朋友们常一起喝酒。酒有时喝了头脑热，有时心里热。跟文轩喝酒，心热。世上最易得的是朋友，最易失去的也是。睁一只眼闭一只眼，处处有朋友。秘密只能自己况味，谁愿意被脱掉内衣般的光明磊落呢？哲学专业出身，文轩学得好，用得更好。生活的哲学是活的哲学。

文轩俊朗，小提琴拉得漂亮，说话也风趣。众人聚时，康德、黑格尔是自家大舅和二叔，贝多芬、肖邦邻居似的。八卦也绝不鄙夷，点评得入里。毫无幽默感不是错，爱说话也不是错，毫无幽默感又爱说话，是罪过。笑话让人轻松，哲学让人深沉。说笑话的哲学家，是调制独到的鸡尾酒，最醉人。上帝偏爱让人发笑的人。所谓风光，有风亦有光，文轩一出场，自带波罗的海的风和阳光。

文轩生日，哥们齐聚。好的人缘是韧性极好的线，随便一扯带出网来。啤的、红的、白的、洋的……中午、晚上、午夜……生日和末日最苦难，也最狂欢。酒不是酒，是情。人不是人，是酒神。个人主义把人当人对待；酒神主义把人当超人；理想主义把人当神。哲学和宗教傲慢，不是把人看成尘屑，就是病人。

众人凌晨才散。嘴是彻底的嘴：大口吃、不停喝、扯着嗓门说话，还有想吻就吻。不像平日是单曲循环的播放器：当面拍马，转身骂人。

一阵风过，街上没人，寂寂的。吹过城市街头的风比野外的寥落。野外的风没热闹的时候，一直寥落。

众人电话响，文轩又开了几箱啤酒。说不完的话太多，相聚的时间却太短。再聚，聊二十年后各结了几次婚。聊《上阳赋》，烂片中战斗机。聊哥们铁坨新泡的妞，屁股迷死人……理想梦游，爱情和道德树起了墓碑，只有欲望风情万种，招摇过市。

夜更沉，星光比灯光黯淡。这样的氛围适合诞生哲学家。白天，各种人情人性争斗疲惫，只有晚上才有空深刻。生活啊，时常苦涩到咽不下去。不如酒，再假，再劣，闷头喝了照样醉人。

一杯酒，让众人都成了哲人。几杯后，哲人们变成了诗人。再几杯，满屋子艺术家。剧目太长，不停地说，不停地演。G 调……F 调……E 调……D 调……C 调……剧场里声音渐弱。只剩文轩的独角戏。一辈子的快乐有定额，用完就没了。分给一天的配额也有限，透支多了，接下来就没快乐了。

“咚咚咚……”才返回房间，敲门声响。文轩瘫坐走廊，头发凌乱，衣襟散开，脱了战袍的阿波罗，另一个样。

“你们……你们都不懂什么叫作寂寞!”

惊　梦

“原来姹紫嫣红开遍，似这般都付与断井颓垣。良辰美景奈何天，赏心乐事谁家院……”拢了水袖，眼还是湿的。一天天的，她和杜丽娘，三生石上轮转了般。韶光贱，不过是眼见着前世今生闷了头打转。前世红了樱桃，今生也不会绿芭蕉，再红一遍罢了。

《游园》是她心头爱，唱了1789场。每回唱完，就用浅绛的纱系在风铃上。十束薄纱，是十树倒开的丁香。

人家说她怪，老大年纪不结婚，十年里总唱《牡丹亭》。同进剧团的多转行唱了流行歌曲，风生水起。她却不屑，认定了昆曲典雅。雅归雅，俗归俗，各有各的路，走不到一起。她被戏文魇住了。一句“和你把领扣儿松，衣带宽，袖梢儿揾着牙儿沾……”，唱出来浑身乱颤，欲仙欲死般。情爱里那样多的负心人，负了一个人，再去负另一个。爱情不过是多情和自作多情，无情和自做无情。但柳梦梅不会。

台上台下，谁没在戏里？舞台上的演员，藏起一张脸，画出另一张，变成另一个人。走下台呢，还是演。自己的戏常自己导演不了，很多时候在别人的戏里，当个拙劣的演员。妆永远卸不掉似的，一辈子，不是这出，就是那出，天天演。

她独钟戏文的好，纵万般虚幻，于她有情，便爱了。着魔般，病了般。活着，谁没病呢。都疯了。

妆上最后一笔，杜丽娘姹紫嫣红迎将出来。脸用浓油重彩遮住了，留出一双眸子，清亮。好多人的脸都是断壁残垣，一望无际地裸着，让人看不下去。她不看脸，盯着别人的眼看。她一身都是水做的，只有目光锥子样。打小被训练看鸽子飞，直看到鸽子消失，变成天际的一点黑。看了二十年，看藏在墙角的蚊子都觉光亮。但人心，一直看不透。人心比蚊子还小，比天空更远。

“如花美眷，似水流年……”就这样自顾沉溺下去，这一世，下辈子。

但凡永恒，都得死一次，再活过来，才知价值。有什么比戏更恒久呢？戏里，一次次地死去活来。人生不如戏，死了就死了。爱情也不能。爱情是戏，戏中戏。一场戏若是醒了，不怨不悔，都是上了剧情的当。

21 克

信箱里又来了信。信封上照旧只有地址和“林珲启”三个字。每周一封，十年从未间断。

写信人叫 21 克。对于 21 克的意思，林珲做过多种猜测。最玄幻的一种是宇宙之外传来的某个等待解读的信息，譬如摩西和亚伯拉罕都遭遇过的天启。无处印证，意味着可能性无限多。安全感只能建立在可知的近处，太远只有恐惧。

林珲独居。人心是代达罗斯的迷宫，没有阿里阿德涅的线团，一不小心就会陷入不可预知的险境。他人即地狱。上帝没有给他朋友，给的都是戏剧素材。林珲已多年不看戏，有什么可看呢，生活更奇幻，更精彩。

21 克懂他，每句都是他想说未说的话，比林珲更林珲。他盼信来。日子一旦注入期待，就像干涸的湖在持续雨季后，抑制不住溢了出来。时间有时是毒，有时是糖，都上瘾。

命运环环相扣，精致而精巧。残酷起来了，依旧精致而精巧。

林珲突然走了。几天没去上班，被发现倒在洗手间里。

生命真是个玩笑，那样贴近死。有人选择站在别人记忆的正面，他却远远地，从侧面蹇了过去——他给人印象除了沉默，还是沉默。人若被他人记忆，就能一直活在时间里。

收拾林珲的房间时找到本日记。第一页上写着：据说一个人死后，身体会减轻 21 克。这是灵魂的重量。灵魂这样轻盈，该有个妥善的去处。我曾追索灵魂的深度，却看到了浅薄。我将灵魂封在信里。每一封，都是 21 克。

该如何将“爱”说得恰到好处

一个字在嘴边很久了，像一条鱼，出生就含着海洋。

这个字暗藏一种玄机，仿佛说出来，影子会和另一个影子重叠，南方的雪会落成北方。

一次次，我反复演练，该用什么样的力量和速度，才能恰到好处地说出这个字。

而当我终于鼓足勇气，它却从张开的嘴边跌落，甚至，来不及发完它的尾音。

这世间，哪一种技巧都说不好这个字。

就像，一颗星映照不出整个天空。

就像鱼终于尝出，一直含着比眼泪更咸的命运。

就像再圆熟的发音，也留不住无意停留的东西。

味道勾秋晗

与秋晗结缘始于画。画画，我是门外汉。一幅画瞧去，若觉入了眼，还没弄清哪里好，便不管不顾地喜欢。说到底，就是感觉对了味道。

秋晗性子内敛，像湖，水波不兴的沉静。用他自己的话说，国画是心静的艺术，画如此，人亦然。

自结识秋晗，一个沉睡的梦悄然苏醒：宽服大袖，挽了青丝，挥毫丹青。这光景更胜图画。于是苦苦地央了秋晗收我为徒，只待有一日圆了心愿。好老师似好男人，遇上就要极力留住，错过便遗憾。

素来爱“银碗里盛雪”五字，极净，极空灵，也隐约带着些寂寥。

平日若见落花逐清泉，一汪浅粉；佛前一炷香，袅绕氤氲；或是小荷孑孓，顾影自怜，都觉心动。但这些要么静，要么寂，独见一斑，难窥全豹。“银碗盛雪”的意蕴不沾烟尘，似天青色烟雨迷离，镜花水月般，本不好描述，全凭想象勾勒，倘用在秋晗的画境里，却妥帖不过。

日出明媚，风来清凉，于事物中寻找顺应表象的特征寻常且易得，反之则难。譬如牡丹，人多叹其富丽，少有能懂花谢时洒落一地的惊心。“千山鸟飞绝”的静中取静，“羌管弄晴，菱歌泛夜”的闹中显闹固然好，却是一眼能看透的直白，少了可况味咀嚼的含蓄。耐寻味的画同文字一样，都如美人，欲语还休，半遮半掩才好。

秋晗的画，即便鹭展羽翅，鹤鸣九皋，也让人觉得静谧。

疾风掠起，误入藕花深处，拂乱满池嫣红翠绿，惊起一滩鸥鹭。这是易安沉醉，忘却归路误行兰舟的情形。本该有嘶鸣声、扑翅声、荷叶苇草沙沙声、风过声、水波拍岸声的合奏。本该有白鹭惊飞，扇落残红的混乱。但于画中，只有清晨的安静，只有白鹭眼中的愉悦，只有荷叶上滚动的安详。

伫立画前，晨曦初现。风过，荷香拂面，淡淡一缕。我听见自己心跳，还有轻轻的呼吸声。

少时读朱自清的《背影》，总觉寡淡，似道家常，琐碎如白话，思忖还是《绿》来得精妙，浓烈到能溢出满眼惊诧。流光红了樱桃绿了芭蕉，渐把人抛，当岁月冲淡夭桃秾李的鲜丽，留下如菊的素净时，方才体会清雅的好。绚烂过后终归平淡，铅华洗尽始见本真。

久处红尘，繁杂喧扰，累了倦了或寂寞难言时，便发愿寻一块能让精神休憩的地方，数七八个星天外，听二三点雨山前。可惜置身俗世，结庐南山终难实现，只能于心中修竹采菊，于此时遇上秋晗，真是适合的时间遇上适合的人了。

秋晗擅工笔花鸟，尤工仙鹤白鹭。寄情于物，融情于景，是中国文化艺术的传统，也是精髓。这两种鸟除头脚杂色，一身雪白清俊。世人多寄凤凰以富贵、莺鹊以斑斓，花团锦簇的热闹喜庆，姹紫嫣红的吉祥惹眼，即便是色彩单一的鹭鹤，也赋予青云直上、松鹤延年、鹿鹤同春的讨喜。笑语欢声焰火般短暂，不免寥落，热闹是大家的，难抵灵魂深处的彼岸。只有纯净，月光样清凉，才能根植于心底柔软的秘境，粲然绽放。

画案前，秋晗凝神端坐，调色，勾线，晕染。展开的画卷上，松枝苍遒，白鹤展翅冲天，孤高秀逸。远天，月影融融，摇落一树清辉。月光里，秋晗清癯的身影在闪现。

既拜了师，偶尔也会讨教几个问题。照旧连名带姓地喊，全无规矩。秋晗不介意，我也乐得如此。尊敬放在心里就好，客气有时也是温馨提醒的距离。一日见几幅花鸟与秋晗画风迥异，便戏谑发问："你俩谁画得好？"我素来牙尖嘴利，口无遮拦，这一问循习惯，无恶意。秋晗未迟疑："比我好。"

见多了知识分子的自傲相轻，便以为是常态，是规律。闻秋晗之言顿感意外，匆匆收敛了调侃："好在何处？""风格有异。他的偏写实，趋应目之景的逼真；我的类写意，求象外之象的空灵。但他笔法细腻，胜于我。"

思绪如浮云，随"空灵"飘散，沿时光绵延。

轻推柴扉，辋川别庐里挂着王维的清幽玄淡：茅屋数间，一叶篷船，山无险石，溪染淡墨，雪霁如烟。登临关山，极目远眺关仝的萧疏平远：深谷野渡，垂髫嬉戏，鸡犬相闻。太湖当风，淼淼中水波泛起倪瓒的疏旷古朴：远山轻如眉黛，瘦水淡然无波，草亭一二间，古树三五株……到最后，"空灵"乘鹤，伴明月清风，翩然落入秋晗画中。

良久回神，"你的画已经很超脱。"这是实话，并无半分调侃或高拔。比起大家，秋晗的画来得真切，如在身侧。秋晗一笑，依旧波澜不惊："空灵是我努力的目标，做得还很不够。"

意境是中国美学的独创，空灵之境见心见性，从不执着于外相，全凭一心澄观，包纳万境，最难达到。在这条路上跋涉，注定孤独。

孤独是“万里悲秋常作客，百年多病独登台”的凄怆，“冷冷清清，凄凄惨惨戚戚”的悲凉，“无可奈何花落去，小园香径独徘徊”的寂寞，“侬今葬花人笑痴，他日葬侬知是谁”的幽婉，“梦里不知身是客，一晌贪欢”的寥落，“两情若在久长时，又岂在朝朝暮暮”的无奈……孤独像万花筒，任哪一个视角都是风景。

画者的孤独呢，会渲染出怎样空灵的世界？勾画怎样真实的自我？

人间百态，诸象无涯。惜纸笔尺短，当如何容纳？唯凭画者空心性以化形神，方可丈量这万千气象。唯此，下笔无多，似无境，减而再减，似无心；无心则无境，无境亦无心，心境相依，方可见空灵。这孤独无须隔绝遁世，依旧处烟火俗世，居寻常屋檐，恋情爱红尘，只在心里留一片静寒，荡涤喧嚣，清澈如新月，独与天地往来。

走进秋晗的画，我小心触摸这孤独。

天光黯淡，暮霭与大地交融，昏黄黄分不清界限。一只鹰兀立松间，回首似欲展翅，又似刚落枝上。侧目的眼里没有凌厉，却带着几分萧瑟；树木凋零，落叶为霜。茕茕白鹭，孑孓独立，一衫薄裳，难抵袭人寒凉，茫茫然不知欲飞何处；风伏苇塘，碾落芦花，洒霜雪满天。鹤立其间，或静立凝望，或埋头梳羽，肃穆无言，从此再无安身地，不知何处是吾乡。

我艰难解读着这无声的落寞，自由的孤独。

昨夜西风凋碧树，独上高楼，望尽天涯路。艺术展现出的美好向来都如星辰般闪耀炫目，而在这道路上跋涉的画者，只有坚守心底的清明天地，抵御诱惑的精彩，承受住难言的寂寞，才能穿透重重淹没，放射光芒。

心同野鹤与尘远。松涛梅影里，我恍惚听见秋晗在呐喊：路漫漫其修远，吾将上下而求索。那声音发自灵魂，山样坚定。默默凝视画中鹤顶那点红，鲜活醒目，像画者心底热烈的希望，像行者茫然时前方明亮的灯光。灯光渐亮，火焰般跳动。红亮中，秋晗抖落孤独，笑容里别有馨香。

爱，就是和你一起成长

寄来的满天星收到。毫不怀疑你会记住我的生日，因为你是我的儿子，我血脉和生命的另一种延续。这些细小的花，多像十八年中和你走过的琐碎啊。再多的惊喜终归褪去，而那些温暖的点滴，如血液般汩汩而流，昼夜不息。

谢谢你懂我的欢喜。

你长大了。也许你还没意识到，你已经开始从狭小的自我里走出来，站在他人的视角留心和面对生活。有一天你会明白，换位思考是大智慧，温暖别人能让自己更快乐。

知道你的成长让我多惶恐吗？

时间是匆匆流水，我惶恐年华流逝，睿智和从容却没随那些密布的皱纹一同增长。我惶恐有一天，你的未来广袤，而我拥有的世界太小，局限的见识和经验会变成阻挡苍鹰翱翔的低矮屋檐，变成系住远航帆船的粗大绳索，变成头顶阴郁的乌云，不再是明媚你的阳光。很多个夜里，每想到这些，焦灼和不安就充斥心间，满满的都是堵。

别笑话我的脆弱。爱之愈深，恐之愈切。我想要在未来和你一起分享精彩，而不是牵绊你的负重。

“不，这些都还不够！我必须是你近旁的一株木棉，作为树的形象和你站在一起。”我要谢谢你，不仅仅是你的礼物，你带给我的难忘和感动，更因为你让我意识到——作为母亲，我必须跟你一起成长。外婆走后，我学习怎样做一个女儿。你用成长，教我怎样成为母亲。

亲情爱情和友情一样，都并非简单的给予、索取回报，而是共同经历、分享和担当。当你的世界越来越广阔，如果回首时我依然出现在你的视线，我希望，除去思恋，你会欣赏我笑容里的优雅，看见我站在和你同样的高度。

望着我松弛的肌肤和白发，你的声音温和坚定：“这是我的老妈，我的女神。”儿子，为了那时，我时刻准备着。为了那时。

孩子，你准备好了吗

月光柔柔地从叶间穿过，我看见月光里你的笑，一分疲惫，二分羞涩，七分坚定。孩子，我想你。

知道你为自己选择了一条什么路吗？选择成功，就为自己选择了一条艰辛的路。这条路满是坎坷。它吞噬你唾手可得的轻松和快乐。它会带来不解、嘲讽和挖苦。它可能一事无成，将你的梦化为泡沫。它是白天的寂寞，也是夜晚的孤独……还记得夸父么，耗尽生命也要追逐太阳的人。他真傻。他本可悠闲地坐在海边晒着太阳。成功像夸父追赶的太阳，炫目，也遥远。你真的要奔跑在追赶的路上？你真的准备好放弃青春的灿烂花事，孤独跋涉？

要是你退却，我不会失落。平凡人生自有朴素的意义，这世间的绝大多数人都在寻常中度过。但如果你坚定了选择，便要迎难而上。成功的坐标上没有静止的名词，没有优美的形容词，只有动词的现在时——永不停息！一定要记住，追求成功的路并不拥挤，因为很少有人能坚持到最后。

若是累了，停一停。成功和理想美好，也别忽略了星辰闪烁的宁静。曾点、子路、冉有、公西华侍坐孔子，问到各人志向，曾点鼓瑟而座，答道：“莫春者，春服既成；冠者五六人，童子六七人，浴乎沂，风乎舞雩，咏而归。”这是你喜欢的，别为了追逐成功放弃它。人生除了理想和奋斗，还有爱好。幸福很少能从事业和工作中获得，那里收获更多的是成就、满足和快乐。一条路走到底，经年累月便是高度。可世界本丰富，多走走多看看，不执于一念，方知宽度的千般滋味，能从平常生活和琐屑的事物上获取幸福是生活的大智慧。

如果你准备好了，请记住，你不孤独。我会陪着你，直到生命最后一息。

长大后，别成为我

儿子，证书看到了。“省级三好学生”，多年前我也得过一个。这让我很担心。害怕你像多年前的我一样，迷失在荣誉里。

先祝贺你毕业了。但这并不意味着结束。证书挺好，看看后把它放在箱底吧。一切过往，皆为序章，别让过往成为束缚。你能明白我的话，你一直很聪明。但这还不够，要成为一个智慧的人。聪明是基因的优组，智慧却是时间和阅历沉淀下来的透彻。

大学给予你很多，知识、品德、能力、经验……但它最大的意义是给你提供了一种保护：最多的试错机会和最小的犯错惩罚。毕业了，意味着你将不再免费享有它。以后每走一步都要小心，每一次尝试都可能会付出越来越高的代价。

接下来你还要在学校里待几年。这不是本科到博士的简单转换，这是角色、思维以及和社会对接的彻底变化。

别人依旧会叫你年轻人，但仅仅代表年龄。你已经嵌入社会，要在这条河道里占据一个位置。别满足于做一朵面目模糊，背景里的后浪的浪花，要浪就要浪出高度，浪成浪尖上的那朵。

真希望那一天快点到来，我问：“什么是智慧？”你说：“老妈，让我来告诉你……”

以湖的不动声色，爱你

穿透干渴的毛孔，阳光和蝉声交织成热浪，烧灼了我的心。

一次久远时光里亿万分之一的偶遇，便再也无法与你分离。十九年静水流深，可那些曾经的欢欣和寥落如星辰浩瀚，熠熠闪耀。人生有很多出乎意料来得措手不及，你不由分说闯进我的生命，引爆了可以触及的所有时空缝隙。

时间在指针上端坐，有条不紊地雕塑宇宙，俯视之处皆为臣民，它的刀锋利、淡然，波澜不惊。如果有什么可以超越时间，让人义无反顾地改变，一定是爱。只有爱，才能直面刀刃的锋锐，剥皮剔骨也无所畏惧。

孩子，你知道十九年前的我吗？像一只被宠溺的猫，胆怯、懒惰，任性得忘乎所以。倘只任流光缓慢雕刻，此时的我想来依旧沉溺于轻松索取来的"幸福"，丝毫品尝不出它已然变质的味道。是你凿开了时间的坚硬，携别样的传奇向我走来。从此，我脱胎换骨，以树的姿势倔强生长。

都说生命诞生是母体经历的灾难，意味着冥冥中另一个生命逝去。其实，每一次的诞生和消亡都是自然选择，是每一个母体必然遵循的规律。不要时时提醒自己记牢我曾经的痛楚，除却母子亲情，传统和习惯也在左右你的思想。人类社会是语言堆砌的意识宇宙，需要道德和规范来维护根基。无须负重，只请牢记：我已蔚然成树，根延伸地下，叶抵达云里。

一次不经意的偶遇，我给你躯体，你还我展新颜的时光。

蝉声愈炽。不知从哪扇窗中飘来一首老歌，“白鸽奉献给蓝天，星光奉献给长夜，我拿什么奉献给你，我的小孩……”我该拿什么奉献给你?

“问我何所有？山中唯白云。只堪自愉悦，不堪持赠君。”除了爱，我别无长物。假如可以，定当裁下白云丰饶我的贫瘠，然后装进你的背包，一路相随，直到老去。

当你遇到了你爱的人，那么请你暂时忘了我，尽情享受人生的幸福和欢愉。等生命中的另一次亿万分之一与你相遇，你就会发现，尽管时光向前永不停止，我会在生生不息的血脉延续中一直陪伴着你。

时光流转，我唱着那首老歌，以湖的不动声色，爱你。

面包屑

“还要什么?”

“不要了吧。”知道他是觉得面包愈发贵，营销的不像是面包，倒像欲望。长大了，知道面包是面包，故事是故事。以前分不清。

还是提了一袋往回走。没故事也买，买了就真会有故事。生活大而无当，一堆堆的琐屑，像面包上细碎的麸皮。爱是麸皮，恨也是，一点点洒上去，时间久了粘不牢，再一点点跌下来。

“吃得下巴上都是，小孩子样。”笑着，抹去糠屑。有点不舍，把什么珍贵的东西抹去了的样子。小孩子才好，真长大了，走到念想都够不着的地方，爱和恨都惘然。

多年后，这些面包屑会重新落在胸口，散发着经年的陈香。

我是一种偶然

我的名字是个偶然，就像我也是个偶然。好多人和他们的名字都来得郑重。

自打知道有了我，爸妈就开始起名。那时我还不是我，每时每刻，都有可能长成别人，或别的什么。他俩起了一堆男孩的名字。我本该不是我的。我是个意外。意外，才能让人明白，有种东西叫“命运”。

直到半年后我还没有名字。我是这个家里最贵重的财产。他们用郑重带我到世间，自然也要用同样的郑重给我从此的往后。我的命运，我未来的全部走向，系在一个名字上。

一岁半时，我必须得上户口。十七个月的慎重，落在一本《新华字典》上。随手翻开的那页，第一个字是“虹”。一个人的命运交给偶然安排，只有这，是必然。

如果翻开的不是那页，我会长成别人。我会在别处点亮一盏灯，做出一些别的事。会管别人的家叫家。管别人的亲人叫亲人。会跟着别处的风，像落叶，吧嗒吧嗒吹到不同的地方，再被吹回来。

偶然地，我过了别人的日子，做了别人的梦。

小径分岔路上的风景

晨起散步。疫情延迟了开学，校园很静。

学校封闭管理，各路口都有人全天值守。不愿被打扰，我走了学生宿舍后一条僻静的小路。无人问津的地方，到处丢着哲学，热闹处只能产生情节雷同的故事。吸引我的，是那些小径分岔路上的风景。

小路上有值勤的女保安。帽子口罩下，分不清样貌年纪，但我记得她臂章上的编号，前些天，她一直在东门值守。日日散步走过，看是看得熟了，却从未开口打招呼。成年人的世界，各有各的弦，各有各的音。于小路遇见，我俩都有些诧异。她打量我一眼，“早”，语气里有笑意。我瞅着她，亦笑，“早”。

桃园后面路口也有值勤的女保安。这条路更偏。疫情把人弄得紧张。同样穿着厚厚的制服，看不出年纪。我猜比先前的保安年纪大，中年人的目光才会审视多于好奇。

我笑笑，“辛苦了”。她愣一下，“不辛苦”。警惕消除，语气里有放松后的倦意。

太阳升高，光从树顶投下。路亮起来。

摘下口罩脱了制服后，再遇见，我大概率认不出她们。但此刻小径上的阳光，足以给我持久的温暖。

发酵的重量

最初知道江村是因为剁椒鱼，至味大约都出自山水钟灵之地。很久以后，又知道这里是古“有庳”国，是舜的弟弟，传说中发明象棋的“象王”封地。山水为盘，人是棋子。是谁手起棋落，决定着下一步。

再知江村因为一个叫“愚女”的姑娘，极能干。“能干”一词陈旧，面目也模糊。但没有别的词能给她，那些词矫饰、浮华。她做的牛肉酱、鱼醡、肉醡、泡豆腐……我都吃过。很多食物会随着胃肠蠕动排出体外，但这些味道，慢慢吸收进记忆。

有些无关紧要的事看似过去了，其实一直在记忆中，多年的发酵让它们沉沉的，有难以估量的重。

比如一张旧照片。拍完随意放在那，有一天偶然看见了，猛地一震，突然意识到那就是你的由来，也是你的投奔。

比如一种家常的味道。日日吃着觉得寡淡，等离开了，又会变成一种牵肠挂肚的思念。

比如一直在身边，离开后才明白是最爱的人。

以苔藓的匍匐，朝向太阳

总以为支撑信念的是不寻常的人和事，回首间恍然发现，灯火阑珊的寻常生活才是让人坚守的力量。

我租住的地方隐匿在城市一角，是个已搬迁单位遗留的老家属区，房屋多年失修，很破旧。我住这几年，初来不适，渐觉自己属于这里。那时的我是苔藓，适合在幽暗的环境里生长。

白天院里少有人声，天气好时，数位老人在楼前太阳下晒着为数不多的余年时光。我是外来客，他们戒备，也有点好奇，但全都保持在友好的范围，从不越界。碰到了笑笑，有时也聊几句天气和菜价。楼前的闲谈和牌局我从未加入，他们也不邀请。这份热闹是他们的，我看看就好。他们是我熟悉的面孔，也是叫不出名字的陌生人。

对门大哥大嫂极热心。家中保险丝烧了下水道堵了，都是老两口帮忙处理。我心粗，出门常忘带钥匙，备了一套放在邻家，也觉踏实。外出时间长时，老两口还帮我照顾一屋花草。大哥酷爱信鸽，也喜盆景。一次见我带回几棵海芋，笑道：“小乐，你的花都不上档次，下回我种盆好的给你。”客套话听得多，并未入心。旬月后，大哥当真送来太湖石文竹盆景，雅致精巧。两年过去，我依然不知道老两口的名字。他们也从未当面打听我的来历。

相望中相守，我享受着距离的美，没有靠近的暴露，没有过远的疏离。他们不是我挚爱亲友，却给了我一个人在低落中独处的动力。

藉了这份友好，我以苔藓的匍匐安静生长，朝向太阳。

今天是余生中的第一天

时间最有风度，再平淡的生活，都会给你留下几个发光的瞬间。就连眼角也被一天天打磨，送给你微笑过后的废墟。

“今天是你余生中的第一天。”阿里斯泰尔·麦克劳德的话，却像出自《圣经》。

想起母亲。时间对她无情也慷慨。患癌症后，她的每一天都是余生最好的一天，都是希望开始的第一天。

再怎么努力，我也回想不起她不长一生里我经历过的所有事，留给我的，只是几个杂乱无序的瞬间。某时的一个笑，某天做的一条糖醋鱼，还有面目模糊的一句话，一个身影。人一辈子，其实是活在几个片段里。

年轻时是梦，年长后是回忆。

茶壶上的母亲

父母从不喝茶，于他们而言，茶并不比清水来得高雅。儿时困顿贫穷的记忆深入骨髓，多难的成长让节俭成了习惯，除了生活必需品，其他的都被视为享受，有意保持着距离。

不喝茶的父亲买过一把茶壶。

母亲走后，我收拾家中物品，意外发现一把紫砂壶，裹着报纸被弃在厨房储物柜底，像一个故意隐藏的秘密。盖钮断落，壶身暗沉，但并没覆满灰尘和油烟。母亲一生节俭，洁净是唯一的奢侈品，即便病痛无比，也挣扎着下床洗澡，不愿让我们简单擦身。

没有盖钮的壶泡茶很不方便，空气的进入使壶内压力改变，倒茶时水会顺着壶嘴四溢。曾想用来养花，终是不舍。一来极爱紫砂壶，二来壶上留有母亲生前微弱的痕迹。母亲离去匆匆，留给我的不多，一张放大的黑白照片，一个沉甸甸的骨灰盒。我能拥有的，除她赋予我的生命，受用毕生的品性，就是那些会终生反刍，一触碰就会流泪的回忆。

这把壶上有她，我怎忍舍弃。

问及父亲，隐约记得数十年前出差长沙，跟几个同事在省文物商店买的，别人都买了，价钱也不贵。茶壶最终被作为盐罐使用了多年，这很符合父母“穷家当赛夜明珠”的朴素。思来想去，茶人唾弃的养壶法启发了我。先用白醋拭擦壶身，将油污烟尘洗去，再将壶放在普洱里煮，几天下来，壶身润泽了许多。等寻得善制壶之人，配上木或石质的钮盖，该有新光景。

回忆是用时间织成的线，老物件就是线上记事的结。它见证了某个时空里曾经发生的故事，以可见可感的真实提醒：纵使再往时间深处，那些欢乐和忧伤的曲调，依旧会不经意走近你。

他的工作，我的工作

没有哪位父亲会真的觉得自己伟大，对于他们，父亲是一项停不下来的工作。

上帝也是父亲。他伟大。伟大的父亲残酷，易怒，充满算计。他不慈爱，不付与信任，需要的只是子民的害怕和敬畏。

伟大者，是高高在上的非人。

父亲不用伟大。父爱不用伟大。平凡人日复一日，恒久的坚持和温度。

爱我，是他的工作。爱他，是我的工作。

有多少爱可以重来

大年初七，学生们约相聚。他们是我头回当班主任时的学生，虽只一个学期。毕竟都是第一次。

见面时已叫不出名字。二十四年过去，都变了，他们、我。细看时，往昔的样貌浮出来。突然觉得自己老了，往日，无论如何都不承认。连他们都在感叹年华似水去，我又如何能固执幻想。总要老的。

白酒一杯一杯地喝，肯定会醉。只觉对不住他们。几十年了才明白：一开始就是对不住他们的。老师跟医生相若，都是在失败的经验中成长起来。必须如此，一定如此。

不让他们叫“老师”，叫“虹姐”，至少能坦然点。其实，又何尝真能坦然呢。不知该怎样表达歉意，一杯一杯白酒喝进去就好了。

若人生可以重来，大约还是老样子。那时我们都太年轻了。年轻，就那样。

并行的鱼

半夏用勺子画着圆，慢慢把牛奶倒进杯子，白色液体在咖啡上画出黑白相间的螺旋形，不一会就模糊了边界。

“哪有什么黑白分明，人生到最后，都会像这样跟生存和解。”半夏搅动小钢勺，牛奶和咖啡混合成暗褐色的液体。世上许多事情就这样，本来互不相干，有时还格格不入，却常常不得不相互接受，达成某种奇特的融合。

半夏是抖音上小有名气的带货主播，推销有特色的各地土产，粉丝过六位数。她做了两年，真累。直播行业是红海，每天无数的人涌入厮杀，也有无数人被卷到岸上。她觉得自己被热浪裹挟着，才 27 岁，已经老在了青春里。不过，半夏没想过要退出，每天都是新的，她喜欢这种一直在路上的行走。

这次想推的是双牌土产：江村剁椒鱼、酒糟肉、阳明山豆腐乳。半夏的老家在广西，是地道的壮族姑娘，算不上很漂亮，但有种让人无法忽视的沉静。偶尔看到抖音上一段的视频：秋末，几万只白鹭迁徙，在双牌县城附近的日月湖上成群盘旋，惊心动魄。半夏心头一动，生态环境这样好，土特色一定也不错。背上包，她到了双牌。

双牌有些像她老家，小而亲切。很多城市都会反复强调自己的与众不同，居高临下地塞给你清一色的概念：时间之古老，文化之厚重，连神话里的嫦娥和孙悟空也被消费，成了各种故里的挂名人。“文化带货”，半夏觉得这些城市的推销也跟带货网红差不多。哪有那么多特别的呢，自然才能想象力无穷，人工总是相互模仿。若说不同，无非是谁模仿得看起来更像；谁模仿得拙劣，处处是遮不住的败笔。双牌不一样，它不强调特色，不在你耳边反复絮叨，任由你踱着步，自己慢慢发现。这反倒是它的特别。就这样，半夏发现了满意的双牌味道。

“嘶……”，一片竹叶旋转出弧线，落在半夏的咖啡杯旁。她在花千谷里的猪栏咖啡待了一个小时，正准备离开。

为了这场直播，半夏走了大半个双牌，录了好几条河的画面，连港汉水井瀑布也没落下，好水才能有好鱼，酿好肉，磨好豆腐。花千谷里有口方圆井，据说水是甜的，她怎能放弃这样好的卖点。在井边换着角度录了一下午，最后一组镜头，半夏丝毫不敢松懈，直播平台残酷，没有永远的网红，只有必须永远能吸睛的内容。

录完，半夏才发现自己有多口渴，大热天，一直出汗，一口水都没喝。离方圆井不远的地方，半夏看见了这家猪栏咖啡，用空置的农家猪栏改建的咖啡屋。有年头的泥墙青瓦和现代化的钢架搭建在一起，雕花的门框两边挂着木刻的对联：“咖啡有味　猪栏无尘”，字体灵动俊逸，一看就是大家手笔。一间咖啡馆，现代西式时尚的皮，骨却是中国味的，她一下想到混搭，吉卜赛式怪异的和谐。

半夏点了杯黑咖啡，没放糖。咖啡出奇的苦，不是因为味蕾的喜欢，而是半夏觉得生活也是这滋味。一口一口咽下的是生活。

“该走了。”花一个小时喝杯咖啡，真奢侈。自从做了主播，半夏的字典里就勾掉了“休息”两字。咖啡常喝，最多的一天喝过二十杯。与她，那只是热量和精力的来源。悠闲地喝咖啡属于那些有资格歆享夜色的人，一杯杯，都是长长的心情和故事。这种歆享不属于她，生活一路向前，她想要留在原地，就必须不停奔跑，拼尽全力。

初夏的傍晚，太阳将落未落，日月湖上晚风刚起，像一首情歌开始前的那段轻柔旋律。花千谷慵懒着，游人还没来，有的是时间梳洗。

还未起身，竹叶落下来，掉在半夏的咖啡杯旁。

世间好像没有不神秘的事物，哪怕再寻常，也总有隐而未宣的东西，比如风、河流、土地的颜色、音乐和情人的眼睛，还有竹林。半夏很小的时候就觉得竹子沙沙的声音像是从天国传来的某种召唤，有风是歌，无风是诗，总能抚慰悲伤，让她心静。即便是这片竹叶，如果能了解它为何偏偏在半夏准备离开时落在咖啡杯旁，也许就能明白哲学的终极之问：“我是谁”“我要去哪里”和“世界究竟是什么”了。

叶片颜色很深，有远山青黛的深沉，夕阳如金，也难以改变它的苍绿。叶子边缘有些枯萎，微卷的姿态不知是对时间的眷恋，还是指责。

“命运投来的一封信？”半夏轻旋叶子，叶脉里似乎藏匿了某种她解不开的隐喻。没有哪一个瞬间，背后不是暗藏着一个系列。一个人的某一瞬间既是全部过去，又是全部的将来。有一天她也会以这种挣扎的姿态，毫无征兆地突然坠落，不是被生活碾做尘土，就是被命运抛向某个未知的去处。也许只有肉体结束，她才能停下来。

“真无奈啊，人和叶子都一样。”

半夏本来不叫半夏，叫桃花，母亲怀她时胎位不正，出生那天，老家院里的桃花正开，满树殷红，像母亲难产流出的血。半夏常想，要是院里种的不是桃树，她的一生就会和别的什么联系在一起，在老家，桂花是女孩最常见的名字。人真是奇怪的复合体，偶然、突兀又说不出的可笑滑稽，看着是血缘的、地理的、民族的结合，其实，更重要的是另一些常为人忽视的：语言、观念和习惯，仿佛还有全部的动物植物和季节的组合。

母亲受了苦，对她亲不起来，她是母亲身上的一块肉，不过，用钝了的刀子一点点割下来，留着难以愈合的丑陋的疤。生命的降生带给世间那么多感动和欢喜，都朝着天堂的明亮行进，唯独她的出生，站在地狱边缘。一个人的毒药也可能是他人的蜜糖，半夏相信。弟弟出生后，母亲看她更隔了千山万水。不是不爱，只是微温，让她不至结了冰，却总无法沸腾。更何况，她是女孩。她给自己起了昵称：半夏。半微热，半微凉。

生命是海，每个人都是活在海里的鱼。危险来时，鱼们彼此靠拢，默契地聚集在一起，危险过后，不远不近，各自游弋。母亲和她也是两条鱼。大鱼会寻找食物，嘴对嘴地将最好部分喂养小鱼，但那是责任，不是有着热度的亲吻，虽然看起来像。一群鱼，游到死都在一起，却从不贴紧，被海水隔着，保持距离。

鱼的命运，不就是时而靠近，时而分离。

光线越来越沉，花千谷被最后一抹晚霞染成了红色。“晚霞……晚霞……”有根细细的线，从半夏心上抽过。风渐大，天使在竹林里合唱。像迷途的人听到示谕，半夏决定顺从，慢一回。“再坐一会。时针不停地走，也有慢一会的时候。”

花千谷里人多起来。买年票来散步的居民，趁热气消退来观景的游客，夜晚，灯光和水幕有着别样的妩媚。时空隧道尽头有家慢时空茶馆，隐在山顶的绿树中，很有些超然世外的意境。泡茶的水讲究，用的是塔山的山泉，茶也好，本地的婆婆茶、七祖禅茶、云台山的黄金芽和阳明山茶得天地灵气，都是上品。不过。半夏还是喜欢咖啡，品茶需要颗禅心，她望尘莫及。

“我只属于咖啡。”半夏轻啜了一口，真苦。

“霞满天，一起看晚霞满天，当闭上双眼，还往返流连，未完的心愿……”猪栏咖啡的唱吧那边，传来磁性的男声。

《紫》，每次听，她都会不由自主地想起一些尘封的过去：几个名字，老家的竹林，高中毕业深圳打工的那几年，一段还未开始就夭折的恋情……还有母亲。这些都像时间中存留的遗迹，偶尔露出峥嵘的过往，满目疮痍。

半夏第一次认真地看晚霞，是和母亲。

山里特产多，蘑菇、木耳、干笋、蕨菜……家家都有。父亲活络，意识到收山货到城里卖是个好生计，只是很少在家，日日辛苦得很。那天雨大，傍晚才停，父亲往常早已到家。母亲和半夏等在路口，父亲走过来时出现了晚霞。半夏忘不了那一瞬，母亲披着橘红色的霞光，脸上是如释重负的幸福。“圣母”，半夏长大后才想到这个比喻，慈爱、美丽、圣洁、高贵，却飘浮在她无法企及的高处。母亲眼里的焦急和满足都让她心碎，它们只望向父亲和弟弟。用什么才能让母亲的目光，也这样望向自己？一个人可以和很多东西为敌，可以是另一些人的敌人、时间的敌人，却无法和命运、爱、自己、记忆为敌。

后来，晚霞不止一次出现，但不再能打动她。时间一点点向前走，所有对霞光的回忆都成了挽歌。记忆并不能永久，然而，总有点什么留了下来，总有什么在唉声叹气。失去的天堂，才是天堂；失去的自己，才是自己。桃花是失去的那一部分，半夏呢？她不知道。她是条被抛在沙漠的鱼，唯有母亲眼里的海才能拯救。

“依偎在你身边，曾是我憧憬的明天……”这首歌并不适合在咖啡馆唱，歌词是暗藏礁石的深海。

唱歌的是个年轻的男人，脸上线条柔和，如流水打磨过的石头，只在唇角留下了倔强。声线低沉，有种半夏捉摸不透的迷离。他用声音扫视着每个听歌的人，周游他们灵魂的疆域，自己却闭着眼，隔绝于世。

“一个有故事的人。”半夏看着他，“也许，他也有一片晚霞。”故事的情调总带着伤感，只有童话才会假装完美的幸福。她突然很想和男歌手聊聊晚霞，两个相似的灵魂相遇不是偶然，在此之前，都已准备多年。

歌声止，霞光尽，星和灯同时升起。

男歌手离开演唱台，走到竹林小廊，坐在离半夏不远的地方。半夏终于还是没说出那片晚霞。生活是一张大大小小的故事织就的网，只有很少的部分能留在网里，既然她的网已经千疮百孔，不如选择遗忘。活着，不是为了学习记忆，就是为了学习遗忘。

竹林轻摇，像温柔涌动的海。

“老板，来杯黑咖啡，送给那位唱歌的男士。”

第二辑

回不去的远方

背起行囊，故乡就成了远方

从此，每个人都是流浪的野孩子

从此，每一步朝着故乡的方向

每个人都有几个故乡

对故乡真正的爱恋，是在提着行囊即将离开的那刻开始萌发的。

爱一个地方，爱的是贯穿于记忆的点滴，那些熟悉像匍匐在草丛里的栀子，经过时幽香扑面。家乡是线，一头系着回忆，一头系着远方。

一个人啊，总会有几处故乡。

一个是有父母的家。一个是被草遮住了的冢。还有一个装在行李箱里，永远在路上。

一切都是老样子

老村和别的地方不一样。

城里的时间向两头延伸，是一根看不见尽头的线，一个人的一辈子再长，不过线上忽略不计的点。老村的时间走向过去，越走离明天越远。

老村的一天有白天和夜晚，日子像循环的圆，一天是一年，也是一辈子。城里没有夜晚，夜晚也是白天。而老村，白天有白天要做的事，要说的话；夜晚也有夜晚的，各不相干。

老村的光线有着老胶片的底色，黯淡的黄。阳光有着做旧的暖意，熨帖的舒坦，像潮哒哒的被子等着晒干，阳光终于来了，里里外外翻了晒，蓬松的幸福。

老村的物件也不会变。一百年前种的树一样绿。五十年前的瓦长着草。二十年前打的土墙还立着。十年前做的梦也挂在对着屋顶的那片天上。一切都在那个位置，都是老样子。只是又老了些。

心于是定下来。不管出走多久、多远，这个地方始终等你，始终是归处。

高楼上的蒲公英

农村院墙旁的每一棵树每一根草都挂满了乡愁。对于那些像叶一样一路从乡村飘出的人，他们相信，这一生兜兜转转，终不过是朝来路回去。

我的乡愁不在那。我不知道自己有没有乡愁。如果有，也留在儿时跟随父母待的那片大山，和藏在山中的那支部队。多年前部队已解散，父母也早转业回了湖南。母亲安葬在这里，多年后，父亲和我的骨、我们一家人的魂也将留在这里。我哪都回不去。

一棵四处飞散的蒲公英，一种生命之轻。

有些被风吹远了的叶，连树的模样都没见过。

城市移民的“故乡”是履历表上籍贯。他们是出生在高楼上的蒲公英。

水晶巷里长出的植物

水晶巷是一条老巷。老巷的时间是植物。长在墙角的是苔藓，长在屋顶的是狗尾草。一年一年长高，长出陈年往事的模样。

老，大概有两种意思：一种是古老久远，有年代的地方，随便某处都会让你觉得，这天，这一天之前，这一天之后，所有的时间被压扁成半透明的光线，一层一层叠在暗蒁蒁的墙上，有人经过，粉尘样飞起来，漾在身上；还有种老是旧，各式旧物件随意堆在一起，把时间挤得没了去处，只能躲在逼仄的墙角，把时间都盖住了。水晶巷的老是后一种老。

水晶巷老得有章法，看久了也不会生厌。像趿拉着旧拖鞋的女子，衣裤洗到看不出颜色，有的地方破了，衣边流苏样垂着，却不邋遢，也没难闻的气味。稍稍拾掇，眉清目秀起来。

巷子里有家作坊做酱板鸭，曾经很红火，老零陵人都知道。喜欢它的人，在喜欢里一点点咬掉了岁月。老了，牙啃不动了，也愿意放在回忆里，咀嚼味道。新长起来的人不知道。那样窄的巷子，车开不进去，门脸也不起眼，怎么拍都是灰灰的，哪种潮哪种范都不沾边。晾衣的竿，烧煤的炉，连着斑驳的铝皮烟囱，还有门上黑锈的铁锁……生活是慢的，时间蹒跚着故意落在后面。老生活里的熟悉，氤氲出一点点也能让人心安。

但巷子外面是新的，岁月被催促着，急着想走进来。一碗豆浆，两根油条，街边摆张小凳，低头坐着吃。二十年的小店，熟悉的豆香味，自足而踏实，满心幸福。抬起头，美团的快递小哥站在眼前，手里也提着一杯豆浆，两根油条。心里惶惶的，趸进屋，关上门，把不安挡在外面。今天和明天都放一边，只留下昨天，自顾自过着老生活。要真能挡得住就好了。

老巷子里回忆都是老的，一帧老照片，整个模糊了。

初中有个女同学玩得极好。张爱玲说这种“好”是同性恋爱，多是倾慕。细想不全然。那时的要好，大约是背着人八卦同一个人的秘密，当着面敌忾同一个人的是非。那时以为自己知道很多，其实除了无知，一无所知。那时年少。女同学家就住巷子里，我常去。一回晚上，找了借口住下来。留恋她家的饭菜的香，人多热闹。我家只有三口人。缺少的最有诱惑力。

夜晚很闹，巷子里有人老了，鞭炮唢呐一直响。等到终于停了，不知从哪传来的吵架声麻将声，一阵接着一阵。老房子像是故意要传播秘密，隔音都不好。老巷子，从来不要担心怎么消磨寂静。

白天门开着，人人都裸着，活在别人眼皮下。夜晚关了门还是裸着。巷子里的人是自家的，也是别家的。生活过给自己看，也过给别人看。一个巷子，有很多户人家，很多房子，可待上一会就知道，再多户也只一户，再多房子也只一间。

绝对的寂静可怕，是噬咬的兽，一口一口，咬去了肉，只剩下嶙峋的骨。没有边界的热闹是蚊子，一口一口，吸着你的血，再还你些别的什么。痛是没有的，怕也没有，只是痒。让你不满，恼怒，却不至逃离，甚至迷恋上那种折磨。

每个老巷子都有人逃离，有人沉溺。逃得出巷子，逃不出记忆。记忆是藤，缠绕在岁月上。吸取时间的养分，越往深处，越是茁壮。留下的人，逃离的人，都是植物。

有的人是树，根深深地扎下去，挖不断，移不走。有的移走了，水土不服。还有的是蒲公英，一阵风来四处散着，落下的地方不是归处。哪里都没有归处。

看到的最远处超不过睫毛的边际

河西桃江路老渡口社区，当年零陵的“五厂一所”，最熙攘又荣耀的工业区，如今一片残山剩水。

一个时代有一个时代的经典。时间里向前，时代结束了，经典就消失了，再看不见。一条河，流得越远，流得越细。说耐心，时间最耐心；说残酷，时间最残酷；说强大，时间最强大，任是什么，到最后都会被时间征服。

“如果当年不那样……现在会……”人们坚定相信，决定历史的是必然，有规律，能把握。这真是一厢情愿。历史很多时候是被突如其来的偶然改变的。比如一个被父爱冲昏头脑的皇帝，或是一个嫁了懦弱丈夫的女人。克莱奥帕特拉的乳房如果不那么丰满，世界将会怎样？

真退回当年，历史和历史里的人还会做出一样的抉择。在每一个具体的节点，走不走，朝哪走，选择其实不多。每一次深思熟虑暗藏了无数的想不到和不得不。

一个人站得再高，看到的最远处也超不过眼睫毛划定的边际。

老城的眉眼

老城面目分明，一亮相就和别处不一样。即便换了新裳，眉眼间温婉，刚烈，娴静……也各有风流。

只一点略略不同，便知这是哪一个，那是哪一个。

新城戴了美瞳，眼神一色木木的，连气质都一样，如果还有气质的话。分不清这个那个了。

周家大院和我是不一样的存在

去过周家大院多次，每次去总想到些别的。“濂溪余脉”“婺源模样”，念及的还是濂溪和婺源。一种景色若让人联想不到别的，才是好的景色。

我看它，睁一只眼闭一只眼。闭上情人的眼，睁开的是史学家的眼，全是挑剔的苛刻。时间面前，人人都是史学家。我和这里同样被时间雕刻。于我是生命的废墟，于它是岁月馈赠的财富。

我和这里同样深埋着故事。它的故事是时空深处的宝盒，待人探寻。我的故事，只适合一个人咀嚼，慢慢遗忘。

这里和我都见过一些常和无常。都明白了：无常其实是常。不过，无常好说，常不好说。

它努力向后，后面有来处。我挣扎着向前，前面有归处。但都没停留在现在。都走得太远，太辛苦。

故事满满。人气满满。它应该满，满了，才有圆融的结束。我该是空的。身体无病，心中无事，才有舒泰的幸福。

子岩府的倒影

家族里出了名人是荣耀。自己的分量通常很掂得清，但一提及同宗某人，“他呀，和我同一个太爷爷的太爷爷……”，语气里都透着滂沱的阔气。若有彪炳的伟业，再有些桃杏的逸事，足以让族人写出一个个半是夸张半是溢美的传奇。只是，写故事的人一下笔，常力透纸背地透过，透过去。家谱便是这些铮亮的名字，再加上故事装订起来的。《孔子家语》传了几千年，一部传奇，信不信由你。

春天这样醒目，应该要春游去。做想做的事，是自由。做该做的事，是传统。它们难得达成一致。一室相处的俩人，各有各的主意，不恶语相加非易事，沉默便已甜蜜。

没有哪个季节如春天，明明家资丰厚，却抠抠搜搜示人。那样多的色彩捂在口袋里，红的黄的白的……偏不肯一次掏出来，一点点往外挤。夏天也不大方。它是真穷得没辙，手头上只有绿，只能生气，气得绿到不能再绿了的绿。等入了秋，时间无多，竟然还有这样多的家当，才打翻了调色盘，手忙脚乱一气胡抹。冬天只剩空漠，白得荒凉。但初春，还未让人觉得小气，萝卜花白菜花土豪样大方。

距家二十来公里有周家大院，大儒周敦颐后裔族聚于此，日久年深终成规模。子岩府、新院子、老院子、红门楼、黑门楼、四家大院，六个院子百余亩，北斗状排列，三面背山，院门面水。虽在田野，通身有种高门大户的气派，再看，还有些小姑独处的自足和精致。

院外有木的宣传牌，介绍得糊涂。一说始建于明景泰年间，建成于光绪三十年，一说始于光绪十六年。这一说，再一说，差开五百年。但很多历史不都这样么。现在改不了，人人都知道，未来不知道啥样，无从改。只有过去，谁都可以动动手脚。历史像时装，无非短一点，长一点，绣个花，钉个纽扣什么的。时间又不跟人算账。还是院前的贤水河沉得住气。见过了多少人多少个院子起起落落，从不说自己古老。

先去子岩府，120年，年轻些。红门楼最老，最后去。历史循序渐进地走，回溯时也这样，只是倒着来。

子岩府是周敦颐后人周德埴率五子合建的。“周敦颐第23世孙，周瑜第52世孙。鲁迅是周敦颐31代孙，同为周敦颐次子周焘之后裔。”四十八根木柱，五十一间房，三千六百平方米，加上天井后院，总有七八千平米。果然阔气。

院墙下红上白，醒目的喜气，看不出时间的老。这院墙前几年维修过，以前白墙，时日久了，显得灰黑。时间经过的地方，好多人事消失，细节隐遁，只留下黑白。世界之初，混沌一片，混沌就是黑白。院后几亩田一汪浅水，扫去了拙劣的喜感，灵动起来。院墙倒映着，好像一下子越过了今生，恍恍惚惚走到前世去了。

院里空落落，静。静的门廊，静的堂屋，静的天井……阒无人影。连狗都耷拉着头，懒得出声，仿佛蹑进来的是个鬼影。光线在屋顶拥挤，下不来。老宅子里人挨着人，好多心事没地方藏，不欢迎光线。人不动，窗棂的上喜鹊蹇蹇飞过来，飞檐的墙角靠过来，光可鉴人的石门当偎过来。哦，原来院子活着。

“吱吱吱……”西院有声响。不管它，那喜鹊还牵着我，停在梅枝上。

“吱……”喜鹊飞了。吓人，这样执拗。

一个男人蹲着，拿着木锥，在手臂粗细的树枝上打孔。这样老式的锥子，多少年没见了。

“钻什么?”

男人不抬头，锥子在手里起伏。最小的芭蕾天鹅湖，他是倾情的手的舞者。

“这种木锥现在很少见了。”

“是”。男人终于抬头，“打个洞，穿了绳子好晾衣服。”

“怎么不用打钻?”

“不用那个。还是老手艺好，老祖宗传下来的。”

“手艺不能丢。这院子真好，怎么没什么人住了?”

“有些搬了。有些死了。”

难怪这样沉寂。都走了，该走的，不该走的。只留下些黑乎乎暗趸趸的老物件，漠然地立着，认输不认命样。

见我不急，男人打开了话匣子。子岩是周德埴的字，院名就是这样来的。男人也叫子岩，说时很有些得意。一个洞打好，最后一响尘埃落定，意味深长。牛车真比汽车好？用这样多的执着和时间，早在别处打出千个万个更敞亮的洞来。他拿起第二根树枝。

出子严府沿田埂走到最西边的四家大院。门楼高，悬山的屋顶气派，对联灯笼红晃晃的艳。

“猜猜，这是什么?”吓一跳。周家人都喜欢悄无声息地出现吗?

转身。一妇人盯着我手中的相机，这玩意，多少能让人抬高些身价。妇人脸上沟沟壑壑，像揉皱的地图，猜不出年纪。但很是知道，这脸能吸引画家和摄影师，似乎暗藏着顶级的艺术密码。迟暮的妇人有什么好看呢，皱纹除了表明时间待得久，还能生出智慧和阅历。

“你猜?”她指地下。鹅卵石镶嵌的图案，踩得光溜溜的，只剩个轮廓。

“鱼。”我猜，“年年有鱼。”

“不对哩。”她比我更有见识。指着图案前方正对的青石门槛，“鲤鱼跳龙门哩。”

“呀，好兆头，难怪院子里出人才。”

她笑。是值得骄傲。不似我，每次向人介绍，总有祖宗不争气的懊恼。姓西门的人说“西门庆是我们家的”，都有种客气的体面，姓乐，怎么体面?

“这边新些，没子岩府时间长。”一出口就知错，以老为荣的地方，等于拐了弯说人没分量。

果然，她的脸暗了下去。“那个炮楼”，她指着我身后，“早几十年是防土匪的，他们哪有，早穷了。”炮楼也是气派的，半圆的两层楼围了院子，墙上的眼儿架枪用。土匪早没了，栏杆上晒着萝卜，齐整得很，像列队的枪。

“呀呀，真的好。”再阔能阔得过平遥。富庶了怕人抢，雇了人守着院子。越发像是告诉人：快来抢。于是再多雇些人，多买些枪。组了民团又怎样。

但总归歉意。无冤无仇的。她的心情本是明朗的，因我暗了下去。虽然心情一直像天气，一阵明，一阵暗。使劲按快门拍院子，还有她。看了照片，她又明朗了起来，夸我照得好。

“你是那个什么会员吧。”她说的约莫是摄影家。我不是。

“可惜了……”她终于灿烂。我也被比了下去。

周家大院不是过去的大院了。从前，周家人重读书重农耕轻工贾。家家的灶膛都是热的。打下的第一筐稻是端到每家桌上的。夏夜一起坐在天井叙家常的……回不去了。

走远一点蹲下，水里子岩府的倒影愈发清晰。但总要走近，总要直起身。风吹来，田里铺开一条条长的褶，子岩府的倒影迷蒙而细碎，那些喜感的色彩、剥落的墙面不见了，溶溶漾漾地悦目。这样就好，风再大，倒影就没了。

更老的红门楼不去了。周家大院，再也不去了。

人间生活

一个村里总会有各式的房屋，成块的田，狭窄的路，石砌的井，再加上若干真真假假的故事。倘没有这些，是不能叫村的。若有屋顶盖了青瓦，木的泥的墙，树干上爬满了暗绿的薜荔，围墙还在，只是不全，偶尔现出断壁残垣，一派残山剩水的气象，便是老村。再若村里的故事生动，还久远，便算得上有来历的古村了。

村里的田通常不规整，大块小块散落着，补丁样。田里稀疏种了些东西，不像谋生的活计，倒像点缀。路也不平整，坑坑洼洼的，两边挖了种些芋头南瓜之类。自家的田种菜，再怎样丰盛的收成也少有惊喜。路是大家的，多收一点点，都是意外之喜。

土路旁没了草，路基也松塌了，雨里愈发泥泞。一条路，家家较了劲各占一份，过到谁家门前，似乎就名正言顺归了谁家。各家门口出来，路干净敞亮，愈往大路上愈细窄，只过得下一双蹑行的脚。但窄归窄，却似乎并不妨事，更不会因此生了罅隙。车是通不过的，村里的牛也和人一样，早练就了猫的本领，在狭窄的路上不徐不疾地踱着。谋什么生呢？稻谷和菜是自己种的，柴火是山里捡的，鸡散养在院里，笼子都不用，夜晚就飞在树杈上歇着，和树叶一起摇晃。院后有猪，塘里有鸭子和鱼，腊肉挂在厨房梁上，一条条熏得晶亮。春天的山是宝藏，野菜不必说了，笋和野菌满山都是，只要勤快，多跑几趟，还担心什么生计呢，还罅隙什么呢。

若真因此生出抱怨也无妨，顶多红了脸吵几句，将对方亲朋故旧数落个遍。但并不会真的撕破了脸，暗自发狠盘算着要奈何谁。一个村常是一个姓，沾亲带故，谁真要奈何谁呢。再见面时都装着什么都没发生，照旧一个屋叙话一张桌上喝酒，到后头也就真的没什么了。

村里的路不通向外面的世界，一个村就是一个世界。

村和村也不全是一个模样，各有样貌和气派。北方的村子都长得差不多，路和院子都是四四方方的，刀切的豆腐，人也多，叫“庄”似乎来得更妥帖些。大方，气派，也端正，但总觉不如南方别致，少了些活泼泼的灵气。一群美人，个个平头整脸，穿同样的裙，不能说不好看，总不及各有扮相有趣。鼻尖的小雀斑，唇边一颗痣，都不是优点，却最有味。村庄是该有些属于自己的小味道的。南方山多林多，不像北方，有着一望无际的阔气。村落少有规划，就那么依山傍水随意长着，要么密密地挤在一起，要么散落山间，都是性格。

过去水路兴盛，邻水的村子是落脚的去处，也因此常常有街，不长，窄而短。中间铺了石板，房子多是商号，挤在路两旁。客栈、药铺、理发的、修鞋配钥匙的，最多的是杂货铺，柴米油盐、糕点糖果、鱼肉果蔬、衣帽布匹、针头线脑……酒馆最不可或缺，奔波劳顿，喝杯酒解解乏自然应当。有趣的是那些南来北往的人带来的新鲜玩意新鲜消息，丰年灾年，兵荒马乱，权势富贵，爱恨情仇……“呀……”“唉……”“啧……”，世间种种全都藏于说者和听客口中的三个字，似乎与这里近在咫尺，又像是远远隔了距离。说完了，听过了，各自忙活。再怎样，人总得活下去。

不通水路的村也有街。商道是种子，撒向哪里，街就长在那里。

有街的村子不需要钟表，户户挨得那样近，一点点声响都像自家堂屋里出来的。客栈醒得最早，赶脚的人要抢在太阳前头，要走的路还长着呢。别家店还睡着，它就吱吱呀呀地推开门，声音从街头传到巷尾，整条街都醒了，懒洋洋地睁开眼。窗活了，门活了，车马活了，人更是。当铺的八哥对着帘幡唱，街口米粉热气腾腾的香，卖青团的扯着嗓子吆喝着“蒿子粑粑，小心烫嘴嘞……”河汊里水草的腥气吹来，酒坊的糟味让人沉醉忘了回家的路。一个村庄这样甘腴自足，像有城府的人，永远猜不到心里藏着多少秘密。

倘若村子不大，那就更不需要计算时间。日出日落是时间，公鸡打鸣是时间，青蛙和萤火虫是时间，毛竹的笋尖是时间，杜鹃开花是时间……这样的村里没有年月日时分秒。时间从几十亿年的风里来，从百万年的山坳中来，从千年的水面上来，从百年的竹林中来。春夏秋冬依次踱着步，悠悠地走过。

这样的村庄，一家就是一个世界。

每个村庄都有名字。有的以地名，有的以人名，更多的像是源于随意的天命，寻常之极。再平淡的村名后面也连着一个人，一段故事。一代代口口相传下来，有的听起来像假话，像神话，自己都未必相信。“很久以前来了个老神仙，见我们这里风水好……”神仙有没有，来没来，都不知道，但跟旁人提起时，那得意却是真的。人人口中的传说都不相同，越到枝节添加得越详尽。都是故事家，都是说书人，生怕自己讲比不过别人。在村里住得越久，说出来的故事越长。一辈子待在村里，故事也说了一辈子，说到最后，连自己都不清楚哪些真，哪些假，全都是真的样。

村外人不知道这些，也无须知道，各村有各村的故事。故事是村庄的历史，兴衰荣辱都深藏在每个字的皱褶里，随着音节高高低低起伏，荡向时光深处。故事也是一个村庄的集体情感密码，一说出来，彼此通了款曲，纵在天涯海角也是一家。

但村里津津乐道的故事远不止这些，传说长在心里，遇到了陌生人才郑重地掏出来，反刍一番。村里难有生面孔，平日里都是朝夕相见的脸，扯这干嘛。张三家的姑娘二十一了还没婆家，是聊天时咀嚼的头等话题。还有张五新添的冰箱，买得比小九家贵，婆娘不会打算，长了副败家相。张四家的猪老六家的牛都没逃掉，统统粉墨登场，在故事里换了先前的模样。一览无余的生活有一览无余的消遣，俗有俗的乐趣。但故事得一波三折，否则就没了乐子，算不得故事。

好在再小的村子，也必有孝子贤孙烈女人精……总能制造说不完的奇闻轶事。一个村子，必有一个狐狸精，一个游手好闲的懒汉，一个狼心狗肺的媳妇和不孝子。这些自然比不得王侯将相才子佳人精彩，只是啊，谁让一个村庄就是一个世界，完整的世界就该有形色的传奇。

村里的人不和村外的比，村外人都不在故事里。村里人只和村里人比。和邻居比，和自家的堂表兄弟比，有时也和自己比。他们在心里比，嘴上比，手脚也不闲着，也比。这样辛苦，不都是为了一张脸么。主角才能光芒四射，有谁认得配角呢。

好在人人都有机会当主角，一辈子至少有一回。走了，棺材放在祠堂里，全村人都来，磕了头烧了纸，热热闹闹坐下。

酒席按惯例都丰盛，唢呐欢天喜地吹着。一生一死，不期然地何其相似。一场戏，冷冷清清地演，临了，闭着眼亮了一回相。

三眼井最有氛围。石头的井栏高低错落砌了，水汩汩地一路流下来。最里面的那眼最干净，也最大，小了，桶下不去。挑水本是力气活，却偏是闺女媳妇干得多。不怪老爷们懒，井边全蹲着洗菜洗衣的女人，身上沾了水，薄花衫子裹得越发紧，胸前印的花也怒放起来。要是让自己汉子见了，水担回家，魂怕丢在井边。担水洗衣的女人们嘴上相互打着趣，心里却暗自发狠，下回小衫定要更艳，胸前的花也必要开得更饱满。

女人们心眼多，话也多，叽叽喳喳，麻雀样。外面的世界不关心，村里的犄角旮旯逃不过她们的眼。“告诉你啊，昨天我看见小英从狗子家出来……你可别跟别人说。”听话的女人点点头。不用五分钟，小英头发蓬乱地从故事里重新走出来，褂上的钮子掉了两个，狗子的裤腰带也不见了。女人们都爱叮嘱别人守口如瓶，早忘了，女人向来只有口，瓶早交到别人手里。

话多心眼多的女人们不坏。村里的世界小而简单，不就是些家长里短。村里的人也在这些小的纠缠里，卿卿我我一番，飞短流长一番，咬牙切齿一番，揉在一起捻成一团，日复一日地继续下去。

时间水样流过，一望而知的清澈见底，日子若也这样，就淡到寡味，以至无味了。温良恭俭让自然是生活好的一面，但小的烦恼小的是非也是生活。一个硬币攥在手里，这一面和那一面哪分得清晰。日子寻常而琐碎，庄重严肃不是生活，鸡零狗碎才是。

那样多的人想看清生活，可等真到了眼前，竟是毫不起眼的普通。总以为生活郑重其事，浓墨重彩，戏台上唱着，只等观众进了场，踮起脚来鼓掌。生活哪是这个样子。只要找一个有路，有井，有人的村庄住下，就会遇见生活。

飞　地

春天的愚溪才是溪。水多，水草密，有浓郁的绿。雨少的时候不太能看，像干涸的眼，只守着个“溪”的虚名。哭不出泪的眼，被人瞧不起。

溪边常有人洗菜，多是妇人，偶尔也洗衣。手洗的场景有古老的况味，悠远的慢。过去时间没悬在时针上，时间缓缓淌在水里。溪水不催促，只忽视。洗衣槌能捶出童话，洗衣机和自来水不可以。童话拒绝时间，短短的路长长地走，人是不老的，一睡百年。

隔着溪看对岸，不想过去，也过不去。我和岸隔着溪，还隔着别的。就算过去，也不能像妇人手里的叶，洗净了露出原本的嫩色，我已蒙尘，再也洗不净了。我不是叶，却有萎谢的悲伤。时间的流里，各有各的悲欢。

时常觉得人就像溪，快乐啊、忧伤啊都是溪里的水。有时顺畅，流过去，什么都没留下。有时太多了，涨满了，溢出来，到处都是，但总归又会平静下去。溪有四季晨昏，人也有，时时变化着，总看不腻。

看看就好。洗菜是劳动，隔了河便是风景。风景只能远视，隔着刚好被看见的距离。觉得自己是流水，不停流，到一个尽头，不见了，消融了。那尽头连时间都去不了。

“当一个地方与你太像了的时候，这个地方对你不再相宜”，法国人说。长久在一个洞里，洞中的每一个细缝都是自己的一部分，但洞外呢，陌生得紧。

愚溪真的来得太多了。但可以留块飞地，别人不进来，自己不用走出去。

达·芬奇密码

永州是一本书，零陵是华彩的封面，柳子街是扉页上烫金的大字；永州是一首诗，零陵是跌宕的诗眼，柳子街是最灵动跳跃的词语；永州是一首歌，零陵是悠扬的主歌，柳子街是旋律里循环的音符……

独钓寒江雪

仲秋时分，湘南地区古城零陵阳光炽烈，继续未完的夏季。这座淌过了漫长岁月的城市，从时光中走来，从湘潇二水汇合的源头走来，以一贯的悠然迎来第2145个生日。

潇水穿城而过，用多情的臂弯拥着古城。臂弯深处，一条老街与古城一起迎接寒来暑往。这条街叫柳子街，发轫于秦时的五岭峤道，从衡阳一路延伸到广西梧州，曾是湘桂通衢中的重要官道，在频繁往来运盐的踢踏马蹄和扁担声里，完成了湘粤桂三省商贸集中地的华丽蝶变。

穿行老街，老时光扑面。街中央一色青石，光亮可鉴，五百米长的石板路仿佛在视线里绵延了五百年。街巷两旁多是民国时期的木屋砖房，酒馆、盐铺、米面铺、南货店、杂货铺……粉墙黛瓦，有水乡韵致。门窗上灵动的雕花刻着过往，微敞的院门里依稀透露着昔日的鼎盛。岁月背了双手，在老街闲逛。

斗转星移，“湘桂大道”“湘粤官道”，曾经显赫的名称变成了冷冰的地理坐标，躺在发黄的故纸堆里，没有温度，没有色彩。老街在等待中沉寂，在沉寂中盼望。它将如何续写春秋，谱写未来的华章？

五千年漫漫，留下了多少细诉回忆的古街？月光洗地的石板路、被流年打磨过的木屋砖房、青苔和野草覆盖的瓦楞墙隙……老巷子千街一面，审美疲劳的视线过后难留一丝回忆。柳子街却卓尔不群，像蒙娜丽莎唇边的微笑吸引了众多探奇。有形又相似的建筑和空间背后，解读神秘的达·芬奇密码藏在何处？

街道如人，面貌相似，各异的是气质。

同是首批中国历史文化街区，北京皇城是绸袍马褂提笼架鸟的富贵闲人；上海外滩是灯红酒绿中露背束腰的时髦女子；欲语还休温香玉软，苏州山塘是小家碧玉；摇椅斜躺大碗喝茶，阆中华光楼是巴适草根……眼望水面，低吟“孤舟蓑笠翁，独钓寒江雪”，柳子街是孑孓江岸的萧索文人。

解读柳子街的密码，就在写下这首诗的人身上。

因为一个人，爱上一座城

夜色如水。黄叶古渡游船静泊，浮桥灯箱通明。

“开席！”随着一声吆喝，柳子街上三百六十张八仙桌前人头攒动，二千多人举起面前的酒杯齐齐起立。老街张灯结彩，成了流金的河。这是柳子街人引以为傲的“百家宴”，每逢重大节庆，都会召回身在他乡的街坊团聚，数百年流传未绝。国民党高级将领唐生智曾在此大设生日流水宴三天三夜，慕名而来的各式人等络绎，名噪四方。老味道是晚风，拂动口鼻，也拂动乡愁。

家宴始于何年已不可考，唯一确定的是跟纪念“唐宋八大家”之一的唐代文学家柳宗元有关。

唐顺宗永贞元年（805）冬夜，风雪漫天，时任礼部员外郎的柳宗元因参与王叔文改革失败贬任永州司马，从前途无量的政治新星沦为南蛮之地的谪居闲官。上帝关上一扇门，就会打开一扇窗，政治失意让他有机会重新审视理想和人生。被贬零陵十年，柳宗元写下了 390 多篇诗文，也奠定和完善了他的“民本”思想。那时捐税繁重，百姓怨声载道，刚上任的永州县令薛存义一筹莫展，专程拜访柳宗元寻求理政之道。柳宗元听后挥笔写下“官为民役”，福泽一方。“少时陈力希公侯，许国不复为身谋”，“天道”邈杳，哪及“人道”贴近苍生贴近土地？从此，一个人和一座城开始了超越时空的旅行，写下一部举世无双的传奇。

零陵在唐朝以前并不知名，朝阳岩、西山、钴鉧潭、愚溪、黄溪、东山……胜景虽多，却深藏闺中。“一官匏系几何年，一代文章万古传。山水得名从此始，非公谁与破荒烟”，《永州八记》《江雪》《捕蛇者说》……柳宗元是以文字传播永州山水的第一人。江山自古文人抬，永州的山水成全了他文学史上的彪炳地位，也借他清丽绝妙的文字名扬四海。“千山鸟飞绝，万径人踪灭。孤舟蓑笠翁，独钓寒江雪。”一首《江雪》道尽了柳宗元谪居在此的“千万孤独”，也在这收获了万千宠爱。

溯愚溪西行，竹树浓荫，节孝亭立于水环山抱中。这座亭子是光绪四年，柳子街人翰林院侍诏熊学礼所建，铺地青石和南券门上“旨奉旌表”四个竖写大字彰显着熊氏的显赫。熊母张氏二十岁守寡，独自抚养四子成人，熊学礼为谢母恩，奏请朝廷赐建贞节牌坊。张氏高风大义，因牌坊无法惠及众人，劝说熊学礼改建茶亭，方便往来之人歇脚小憩。张氏夏天挑水，冬天煮茶，无偿供应来往过客。20 世纪 80 年代，熊学礼的孙女还在秉承家训，沿张氏做法惠泽众人。如今的节孝亭被一老街居民租下改做画室，依旧在亭内摆设免费茶水，方便路人。

柳宗元给永州留下了绝伦的山水诗章，他高贵的品行也影响着永州人。人们坚信，先贤之德能引领民风向善，而历史对这份信任也给出了同样的答案。友善是一种轮回，在老街人身上默默交替，像一束光，历经变迁依然不息，而那些世代流传的故事，在代代相传里持续滋养着这片土地。

“来来，尝下小石潭清水鱼，趁热。”如果可以超越时空遇见古人，宴席也许就是最恰当的相逢。鱼香合着热气在席间飘荡，也散落在蒋冰好奇的眼神里，十三岁的小姑娘第一次参加家宴，一切都很新鲜。她出生在深圳，他乡是故乡。

“冰冰，把《小石潭记》背给嗲嗲奶奶听下。”爸爸妈妈都是土生土长的柳子街人，他们把家安在深圳，故乡成了他乡。

“从小丘西行百二十步，隔篁竹，闻水声，如鸣佩环，心乐之。伐竹取道，下见小潭，水尤清冽……”清脆的声音飞扬，直升到西山上空。那里月正圆，正亮。

欸乃一声山水绿

如果说，柳宗元是老街的魂，西山便是骨，愚溪是流淌的血。

零陵城西二华里处，西山起伏绵延，终年青翠。百米高度不算魁伟，却头南尾北，正是风水中难得的钟灵毓秀之地。南边与袁家渴、石渠、石涧相接，北面和钴鉧潭、小石潭、西小丘相连，成为柳宗元笔下《永州八记》的中心。

柳宗元时的西山异蛇横行，难见人烟，如今阔野田畴，坦荡如砥。山下拱桥幢幢，道巷交错，近万户人家休养生息。珍珠岭是西山最高峰，当年苦闷异常的柳宗元正是在此俯瞰零陵城。“其高下之势，岈然洼然，若垤若穴，尺寸千里，攒蹙累积，莫得遁隐。然后知是山之特立，不与培塿为类”，柳宗元一扫心中阴霾，顿觉柳暗花明豁然开朗，天地广阔。只要理想不灭，终能成就一番风景。

愚溪水曾经黑臭浑浊，可将物染色，故原名染溪。一日夕阳晚照，玫红霞光燃烧了溪水，水面如镜，反射的光芒染红了山峦，煞是惊奇。柳宗元寻踪而至，仙地岂容恶水，立誓要清理溪水。他沿溪而上，日夜兼程，终于在源头大古源找到治理黑水的对策。回来后，带领百姓筑坝植树固定水土，干了四十九天活，筑了八十一道坝，清理出了三九二十七万担淤泥。染溪改头换面。

溪下千条柳，春光过小楼，连溪底污浊的石头也变得晶莹如玉。溪水曲折汇入潇水，融进寒江独钓的画面。为表自己“有才无用自谓愚，托名愚溪博一粲”之志，他将溪更名

“愚溪”，并将在溪水南岸定居的院落也起名“愚堂”。大雪飞舞之时，雾白，雪白，石白，白白相映，“愚溪眺雪”遂成为八景之一。

“画图曾识零陵郡，今日方知画不如。城郭恰临潇水上，山川犹是柳侯余。”没有人比柳宗元更懂永州山水，山水亦最解他意。只一次怦然心动，一溪一屋一景便青史流芳。

山水多情，人岂能无意。永州人感念柳宗元，尊他为“柳子”，把他居住的街道改叫“柳子街”，丰碑似敬仰。元和九年柳宗元离开永州，人们在街中心筹建祠堂，好让柳子能永远留在他喜爱的地方。祠堂先后叫“柳子厚祠堂”“柳先生祠堂”“柳司马祠”，清同治三年（1864），永州知府杨翰扩建重修，更名“柳子庙”。庙是香火升腾的神佛居所，神圣庄严，寸土之间只可随顺不可随便。柳子不仅是功高卓绝的往哲先贤，更是永州人心中顶礼膜拜的慈悲菩萨。

清明时节雨纷纷，路上行人欲断魂。每年清明，永州人公祭柳子，柳子街中追思如雨。人们衣着整齐，祷告，焚香，请出“八愚千古”的彩匾，吟诵柳子文章。仪式是快时代里留住历史的有效手段，庄重的举手投足间，柳子与老街共呼吸。

光阴携手思念，在悬山屋顶的檐角萦绕回想。

曾苍老，如今风华正茂

城市是文化的容器，储存和流传人类文明成果是基本使命。老街的使命呢？传承着柳子精神，记录下零陵厚重的历史，也盛满了老街人的记忆和幸福的味道。

俯瞰零陵城西，柳子街夹杂在潇水和新建的“零陵古城”

建筑群中，像一个写在大地上的“止”字。但光阴不会静止，老街的盼望没停止，改变没停止。愚溪清淤去污，河岸加固绿化，古房、古路、古桥、古巷修旧如旧……老街精心装点，旧貌换新颜。

作为永州文化和居民生活的核心展示区，柳子街备受青睐。边缘化的老街重新成为城市的市井符号，古城的新名片新地标。老街变了，那老街人呢。老街人不变。

“张打铁，李打铁，打把剪刀送姐姐，姐姐留我歇，我不歇，我要回去打毛铁……”老街尽头，零陵最后一家铁匠铺里，“叮当叮当”的打铁声是民谣最亲密的伴奏。坚守传统是老街人对柳子的礼敬，也是最后的倔强。

新城区里，现代化的生活让人炫目，老街人却依旧留恋，执着守候一溪流水，守候在昏暗的老房子里平静度日。老街的一砖一瓦一树一石都是家，都是岁月，有剪不断的前世今生，忘不了的乡愁。记忆是风筝的线，一头连着老街，一头系着他们。不管世事如何流转，老街人对柳子的祭祀不变，融合了柳子精神的家宴永远。昔日她曾经苍老，如今才开始风华正茂。向前走的路在后头，回首处，容颜更胜往昔。

假如，你不经意翻开了永州这本书，读到了永州这首诗，听见了永州这首歌，请别忘了古城零陵，别忘了柳子街，别忘了镌刻在历史深处的达·芬奇密码。流光里慢慢走，用心去邂逅一座山，一条溪，一间庙，一个人。

淅淅沥沥的快乐最快乐

鹿鸣塘村，蒋氏家族聚集地，名字像从《诗经》里走来。

一笔写不出两个“蒋”字。有的一笔写得长，有的一笔写得短……虽一个字，写出来终究有些不同了，人也活成不同的样子。

有人说这里适合我，这地方落后，我愿意理解为：我有古意。旧皮囊里的老灵魂，如微雨，激不起涟漪。好在有种安全的适宜。

带了伞，同行的人都是雨衣，雨衣破了，水漏进去。我有老江湖的得意。快乐起来了，突如其来的快乐，竟这样容易。

幸福是合乎道德的自足，有庞大的体系。快乐琐碎。小意外，小惊喜、小恶作剧、小慷慨、小吝啬、小小愿望、小小约定……淅淅沥沥滴下来。大了，滂滂沱沱的，非快乐能当得起。

独一无二的剧目

后山有农家乐，“古城后花园”，名字敞亮，怎么看都和“花园”不沾亲带故。院里没花，潦草得紧。广告却精心，少有人走的山道都一溜摆着。

“后”字寻味。有一味碾碎了，是“冷”。“后山、后宫、后面”……都在视线外。“后来”更是回不去，也不再来。后花园，有冷的尴尬。

院外有泡桐。一池落花，色灰白，随意得不像花。还是有几分颜色好。太苍白总是寡淡，花和人都一样。泡桐花算不算花？大花玉兰随意，张爱玲说“像抹布”，不喜欢，但总归有人看。泡桐花没人看。没人看的花是不是花，说不清。人的辛苦之一在于，把不是事的当事，不是人的当人。落地的花，比落叶更寒碜。

这样普通还挂高枝。等人仰视？这脾性有点像诗人。院外，泡桐结了一树诗，开满了诗人。

桐花里有只洋鸭。有条不紊地整理羽毛，舞台上名伶的郑重。油画的羽衣，八大山人的眼。这是一个人的剧场，只它一个演员，我一个观众。观众是“哑巴”，在热闹中沉默，沉默中孤独。演员呢，是“瞎子”，在沉默中热闹，热闹中孤独。

独一无二的剧场。独一无二的演员。独一无二的观众。

云母溪的木荷

高高的云母山上，有条云母溪。清清的云母溪旁，有棵木荷树。苍绿的木荷树下，有座木头老屋。

连绵的云母山人烟稀少，看到对面远远升起的炊烟，才会记起这里有个村落。海拔800米的山顶，除了老屋没有别的人家。一到深冬，上山路结冰，几乎隔断了和山下的联系。山顶是冰凌覆盖的世界，是神话里冰雪的城堡，遥不可及。木荷和老屋也裹在剔透里，泛着清冷的光，仿佛它们当初的来到，就是为了被人彻底遗忘。

木荷孤独了许多年，它和日夜的更替为伴，和溪水穿行野草的回旋为伴，和漫山楠竹在风中的回响为伴。有多少故事在树下行走，来来去去，又去去来来。有的刚起头，有的将收尾，还有的正在途中。

它看见一个男子沿着泥泞凸凹的土路，一趟趟从山下运来了木料和石块；看见老屋慢慢生长，上了梁，盖了瓦，变成一座四户人家合住的小院；看见日子从屋顶踱过，把簇新的瓦打磨得黯淡，又在瓦楞里种下深青的苔；看见炉膛里的灰越来越凉，院里的人一个个离去，留下蜘蛛结着网，和老了的时间一起在剥落的椽子上摇荡……那些从窗缝里透出的话，和晃悠悠的岁月一起，缀在它的枝上，挤在它的叶上，一天天，一茬茬，沉甸甸的，发着酵，压弯了它。

春夏秋冬，秋冬春夏，木荷的叶在葱绿和青绿间轮转，悄无声息。它在耐心等待，只待天暖，成群的日月蝶被阳光唤醒，才拼却全部颜色，粲然地满树花香。

日月蝶羽化时，似竹林里燃起惊心动魄的焰火，云母山动容，云母溪沸腾，木荷欢唱。千万只破蛹的蝶密密簇拥，占领了溪边的枝干、裸露的石块和干燥的泥土。它们是刚演毕水上芭蕾的舞者，阳光下风干潮湿的舞衣。鳞粉色彩变幻，舞衣从暗黑变成褐黄。这些带翅的天使是溪水和竹叶孕育的精灵，不食烟火，天地间翩然，在溪涧、竹林、云端……在任何可以栖息它们天使之翼的地方。帷幕已拉开，沉寂一冬的云母山即将成为华丽舞台，盛纳惊艳的大戏。

人迹罕至的山巅，有神在无微不至地眷顾。

木荷花簇簇怒放，如白色云母石熠熠闪烁，这是它渴望已久的时刻，秘密的爱情将在此时迎来传递倾慕的使者。蝶们在花朵上短暂停留，然后匆匆飞离，赶向下一个焦急的等候者。一树花开，一树阳光，一树蝶来，白花之上，木荷开出更为艳丽的黄褐花朵。

一只蝶从花蕊里飞出。木荷压抑的饥渴太过强烈，蝶精疲力竭，跌跌撞撞飞进老屋，停在黧黑的门檐上。

蝶回味着木荷秘而不宣的爱情，浑然不觉老屋里有个少年正注视着它。悠然、瑰丽、神秘、优雅，多美的蝶，而少年的青春啊，只有一望无际砍不完的竹，只有山上蒙蒙的云蒙蒙的雾，只有一条从日出走到日落也走不到头的路……

阳光拐了个弯，斜斜地落在蝶收拢的翅上，像玉立的沐浴着金光的少女。舒展双翼，蝶迎着最耀目的光芒飞去，那温暖，可以为它纤细的身体提供天使之舞所需的能量。少年目光炽热，追随着光的射线，穿透了它的斑眼，它的羽衣。他想变成这样的蝶，飞出云母山，飞到书里从未谋面的远方。一次不经意的舞动，蝶轻而易举，在一个少年心里掀起了海啸的巨浪。

冰凌即将重回云母山时，木荷的爱情有了美满的结局，蝶完成了它们的使命。衰老的蝶失去了光润的色泽，落叶般残败，跌落在溪中，随着溪水悄然流淌，被枯枝和水草隔阻，腐烂在云母山潮湿的空气，或是觊觎它们的某个腔肠。

木荷又归沉默，它要积蓄力量，酝酿下一次爱情。少年也沉默，窗口的油灯熄得更晚，求学的脚步走得更远更勤。

四十年后，木荷看见，走出云母山的少年变成了中年，但目光依旧熟悉，依旧追随蝶起舞的方向。木荷还看见，变成了中年的少年又走了回来。修通了上山的路，开来一台台车，带回一群群人，捧回一块块匾、一捆捆书……时间醒了，炊烟醒了。老屋门口的石头上，刻了三个铮亮的字——云母溪。木荷长在山上，老屋长在少年心上。

高高的云母山上，有条云母溪。清清的云母溪旁，有棵木荷树。苍绿的木荷树下，有座云母溪居。

数星星的孩子

第一次去被一只蝴蝶吸引，这次迷上了几棵树，云母溪总有惊喜。

去时下着雨。地是湿的，空气能攥出水，心也潮乎乎的。春天的雨向来有让人颓废的魔力。树在雨里看，油画的美，通透了反倒没了诱惑。直露是好些东西的克星，风景是，感情也是。雨把一些人，一些事，一个季节，都紧紧裹挟了。但总有些，一滴雨裹挟不住。

爱上云母溪一棵柞木树，云母溪人管它叫“亲爷树”。农村有种说法，小孩子家若长不出头发什么的，就认一棵树、一块石头做干爹。亲爷树就是认树做干爹。人总要给希望寻觅些可以安置的去处，科学离山里远，不如树和石头，可触摸的实在。

云母溪有些变了，房子变了，路变了。有些没变，云啊，阳光啊，炊烟啊，都是老样子。小黄长成了大黄，没忘了我，见我尾巴摇得欢。上回来时，它还是只小奶狗。它上辈子大概是个热心肠，做人做腻了，这辈子换个样子活一遍。

和人约了，天热后再来数星星。800 米高的开阔处，月亮格外大，星也格外近，像在眼前一样，架张床在屋外，伸手就摸得着。云母溪，“桃源”都形容不了，是童话。

童话里，我们都不用长大，安心做孩子。

时间是个池子

砖混的楼再久，也只是荒了的旧。老房子的飞檐吊角，时间在上面摩挲，久了，包浆的润泽。

有回去老宅。两旁厢房的窗户别致，镂空的雕花，喜鹊枝头的福气，欢喜得紧，提脚便想进去。

“门槛不能踩！”声音里有呵斥。一激灵，另一只脚也踩了上去。

“下来！没规矩！”更严厉。急急地退到门外。两只脚不知该放哪里。

“门槛是门神的肩膀，怎能踩！”

“怎么走？”羞怯地问。走了多年，现下不会了。

“男左女右。”

抬了右脚，那样沉。窗户上的喜鹊，暗沉沉的，像乌鸦。

心中惴惴的。这样的房子，每根木头每片瓦都有神明，不是家，是神祠庙宇，进去，要守着过去的规矩。朝过去走得远了，大概该裹了树皮，住回到山洞里的。时间是池子，只能装下那么多。流出来些，新的才进得去。

总要向前走。总要变的。

几件小事

有些东西现在看着没用，以后就珍贵了。比如回忆。

立春。亚热带的四季更替，春最具仪式，所以也来得格外谨慎。你天天盼，左等右等，不来，悻悻地一泄气，便到了。夜里一阵雨，不大不小的，清早起来一看，柳条上云山雾罩的，笼着一点绿，一点黄。春已立在枝头。

正值春天的人感觉不到春天，须得经历过，秋了，冬了，心里空出一块，方能说："春天啊，真的好。"暮秋的人能感觉到，却回不去。要回，只能回到记忆里。

新华书店旁的早餐店，卖豆浆油条。旧楼房的过道收拾了，简单摆了几条窄桌，算不得店，连招牌都没有，如没表情的人，想记住都难。但豆浆的味道纯，油条也酥，不似别家，炸得瓷实。人有时跟狗差不多，记忆受气味牵引。豆浆泡油条，酥软的幸福。

对坐的人一直看，看得专注，被看了许久，也该看回去。抬头，笑。对面的人讪讪的。一个女子，宽松的大衣掩不住她的发达。相互一笑，刀枪剑戟斧钺钩叉……十八般兵器抡过几回，电光火石般。油条得继续吃下去，地方太小了。油条总是好的。

“斗篷自己勾的?”女人问。

“哪有这么能干。买的。”

“哦。很好看。穿得很时髦嘞。”

“谢谢哦。你的大衣也漂亮。”伸手不打笑脸人。爱尔兰花样披肩，中式立领对襟绣花小褂。波西米亚的风穿过江南弄堂，也是时尚?中年如果还有时尚的话，第一保暖，第二第三第四，还是。时尚是年轻追求过的花，依旧鲜艳，但终究只看看，不摘了。这些年经历过的那些人那些事，混搭得还少吗?

沿着老街一路走。漫无目的。要是方向总那么清晰，可能今天的我不是今天的我，而是另外一个样子。

街还是记忆中的窄，两边房屋更老了。街必须是窄的，宽了就叫路了。屋子必须是矮的。矮，才让人亲近，才有人的气味和痕迹。一间一间矮屋子挨着，紧紧的，你能闻见我家炊饼的焦香，我能看见你家窗帘的花样。太阳升起来，日头照着我家东墙，落下去，晒着你家西窗。矮屋里没了人，还有气息，有故事。高楼里若没了人，是废墟。

街不长，没人声，像人的一生，不论长短都寂寂的。屋门大多锁着，墙黑白灰驳杂，毫无掩饰的悲凉。也好，直率至少还能被欣赏，要着了红绿，老妪样涂脂抹粉，不供观赏，只供同情。

走到零陵师范老校址，工作多年的地方。坡上有人当大事，平静走过去。担心什么呢?心硬多了，以前，揉搓一下就会疼。这么多年过去，心若还没被包裹起来，白活了。不能不硬啊。

走近学校操场。一些往事浮起来，灰蒙蒙的，雾天样。

心里积的尘太厚了，好几场大雨才能冲出原来的样子。往时间深处回溯，回忆是一首宏大的协奏曲，气势磅礴，只可惜指挥是自己，乐队是自己，观众也是自己。克制着不去想自己先前的模样，怕看清后，会发现鄙薄的过去，也怕看不清，继续糊涂涂地走向荒凉的未来。终是个羸弱的人啊，病入膏肓样。

“你是谁？你找谁？你有什么事？”操场门口被门卫拦住。三个我思考了半生的问题。怎么回答？

“我是职院的老师，不找谁，来看看。”

“已经卖给三中了。”猛地一击。青春突然从时间中抽离，长长的一段被抹去。往事飘浮，先前，它们跌跌撞撞起起落落。没有可回忆的故乡，没有可回忆的青春，无根的人啊。因为轻视回忆，所以被鄙弃？往事湿过来，干了。又湿过来。一个纸糊的小人，不知被贴到哪去了。

不走了。假装今天什么都没发生。好多事都这样，装作没什么，以后果然也不会有什么。

有时，一件小事可以改变很多，比如蝴蝶翅膀的一次振动，澳大利亚湖边的黑天鹅，一些时间里某些回忆。

三千年是人到中年

望子岗遗址，2000 平方米，跨越新石器晚期至商周，湖南境内已发现的最早的古越人聚居地。填平的遗址，填补了湖南远古历史的空白。想想，很是激动。

野草繁茂，时光愈发凋敝，很像遗址。不似有些地方，焕然一新，盛大辉煌。

“古老”因为想象而恢宏，因为看不见而真实。一片荒芜之上追悼出来的遗址，最历史。

站在遗址上，悠久如斯，但从更辽远的黄河流域看去，三千年是中年。高山仰止，若站高些，高到云端，山便像沙粒微小，或小到连沙都不是。

激动不起来了。

一束野花的猜想

张家漕村，跟着导航也会迷路的地方。

这样的村子在辽阔的地球上必定有其准确的坐标，但它只会在一些已经离开的人们的心里生根，生长。

这样的村子不用想很多事。无须去想，也无事可想。坐着吹吹山风，就已经和村子融为一体。

这样的村子，有几个平缓简单的音符，就可以搭配老屋里的岑寂。一句最为平白简短的话，不紧不慢地说出来，便可以回到那些旧时光。

这样的村子里人很少，野花野草很多。一大片山，一大块地，好多空着的房屋都是它们的。它们是村子的主人。

在一座空屋前采了野花。门上的锁覆着厚的锈，多久没人回来了。时间老得把锁孔都堵死了。临走时，留下一束插在锈蚀的门栓上。

也许，屋主人明天就会回来。看到这束花，会想有别的人曾心怀好奇，透过门缝，试图寻找里面发生过的老故事。

也许，屋主人很久后才会重回故土。花早凋萎，这束花和插花的人，成了另一段时光。

历史是迷人又狡猾的东西

双牌青山里，青山如故里。乡土中国，故里处处是青山。

青山里人姓胡。1397 年，胡家祖公胡经常，自江西泰和县迁居永州府零陵县荷叶塘。胡子胡受四官至长沙卫指挥使，衣锦荣归后广置田产，开枝散叶，便有了三千人口的青山里。

胡家有能人。时间是能人改变世界的工具。历史是金字塔，绝大多数人是支撑的泥石，流传下来的，是塔尖上闪烁的极少数人的故事。文明发端于神话，用故事的形式记录英雄和伟人的传奇。历史，不保留普通人的记忆。普通人面目模糊，是女娲手中的泥。

历史的魅力在于：它假装允许每个人参与。看似由所有人创造，并且假装承诺，对每个人的命运负责。其实，个人命运隐藏在时间小数点后的长长序列中，忽略不计。

亨利·福特说：“历史是一派胡言。”尼尔·波兹曼说：“历史根本不存在。”他们看透了历史的把戏。历史啊，真是个迷人又狡猾的东西。

空蝉壳

打鼓坪位于紫金山脉，都庞岭北麓。不知是否准确，但凡有关地理，我就是被撕去了大部分页码的地图。造物主慷慨，赐予我一双眼以看清方向，我却混沌，始终不知何处，何往。

站在山顶，短暂拥有了上帝视角。洞穿全貌始终是人类的西西弗斯之殇。此刻登顶俯视，南边道县，北边双牌，西边磨子岭，我俨然睥睨的神，和造物主达成了默契。山风传递来自远空的信息。我欣然受纳，化身造物主的使者，一个兴高采烈的发言人。

这里的原始次森林里有温泉和成片的青钱柳。青钱柳号称“第三冰川世纪的活化石”“植物界的大熊猫”“世界第三棵生命树”……草木卑贱，却浓缩着宇宙的过去，记录了许多人类无法彻底解读的故事。它们设置了密码，密钥握在时间手中。

青钱柳高大，只能仰视。强者为尊，这才是自然的真实法则。历经数十亿年未被淘汰，生命力依旧蓬勃，它们是造物主真正的宠幸者。与之相比，人类是孩子，只能仰视。

山间物带来惊喜。青钱柳委地的花，会随着时间变色的草，不时飞入车里翡翠色的大蚂蚱，风化成薄薄一层皮的蜘蛛……这几年不再向往远行，过去渴望，是认为遥远拉伸了生命的长度。世界太大，看不清全貌，日复一日地行走，是希望有一天终能完成这幅巨型拼图。看过很多山，走过很多地方，却只遇见很少像自己的人。最远的远方，在心里。

同行朋友中有道县人，指着山顶南边。那是他家的方向。他笑，面色平静，眼里有光。“一看到家乡就热泪盈眶。”我也笑。

“当然。你不会。”

我不会。生在山西，长在四川，我只有家，和档案里的籍贯。

家乡是什么？是生于斯，长于斯的人情世故。几家人共住的小院围屋，过年时邻家飘出的肉香，亲朋间井然有序的称呼，红白喜事的份子……说到底，家乡是被细节串起连缀的场景，以往种种收入其中，装订成一本厚重的相册。在时间的浸泡中，回忆里的每一个细节都发酵成一壶酒，以备长途跋涉的人随时享用。而我，是间歇失忆的人。

人一辈子不停反刍自己的原生家庭、童年和故乡，我却难做到。独生女，连母亲也是。一个从未生长于斯的故乡，再加上童年不停更换环境，山西、四川，再到湖南。我是故乡折翼的鸟，无法行走，也无法飞翔。一棵移栽到别处的树，怎不落寞。尘归尘，土归土，身体取自泥土，也终要还向那里，只是，多少的土地并不知道我的存在啊。漂流太久，迷了路，早把土地丢了。

没有家乡，是一种轻。

曾经以为，这种轻是命运的礼物，让我没有背负，无碍前行。只要有一张床，就可以把家乡安置其上。没承想，所有命运馈赠的礼物，早已经在暗中标明了交换的价格。我轻盈，无往不至，却不知道该为谁停留，又停留在何处。失去了重量，灵魂也失去了韧性和强度。

像翻动一片树叶，风翻动我。身上的色彩褪去，我渐透明，像一个失重的空蝉壳。

紫色向左，黄色向右

桐梓坳的初夏，是从过路黄怒放的蕊里淌出来的。不止初夏，从开春一直到深秋，季节就这样从一朵花的蕊不易察觉地移到另一朵花里。

去过桐梓坳才知道，那些姹紫嫣红是白驹过隙，匆匆来，匆匆去，像候鸟短暂停留。大山的主人是野花野草，守候群山，一年又一年。即便千年银杏也只是沉默的见证者，它们太古老，已经成为时间本身。

马鞭草纤细的茎摇曳，微风中，它们是多姿的美人。纤弱的东西总能博得更多怜爱，比起蓬勃有更多赚取同情的资本，何况，不常见的紫还自带梦幻。最美的事物从来都不是真实的存在，无法被全然看见，它们藏于瞳仁最幽深的底部，是想象也无法抵达的彼岸。或许，桐梓坳的迷人就在这里。马鞭草的紫，粉黛乱子草的粉，百日草的五彩，方寸之地里种的不是花，是适合酝酿和发酵的梦幻。

土坡、田埂、溪水边……过路黄兀自蔓延，披一袭金黄的袍，是无冕的王。这是它们的殿堂。王的世界，从来都是一个人的剧场。

为何叫过路黄，不是地上金？

遍布山间的野花大多形如苔米，姿容乏善可陈却簇集而生，似乎懂得如何运用人间至理，成为不容忽视的原生力量。因为大胆僭越，以最饱和的色彩来彰显匍匐的卑微？还是它们我行我素，旁若无人的热切姿态？抑或是无视作为万物之主的人，意欲掌控和制定世间一切规则的妄念？它们太繁盛，又太张狂，只配享有低贱身份和名称。

深秋，银杏洒落一地金黄，也洒落一地诗画。银杏盎然的绿似眉眼中的微凉，被人遗忘，只叶落时，即逝的悲壮才能激起人亲近和赞美的欲望。蜂拥而至的人群围坐树下，感叹秋叶静美，好像浑然不察，席地而坐的枯叶正暗暗散发着死亡衰败的气息。

人们挚爱的性灵之花里没有夺目的黄。白梅是高洁女子，红玫瑰是似火情人，紫丁香是空廖雨巷里的油纸伞，哪怕是黑，也神秘而深邃。黄，是土地和谷物的色彩，厚重踏实，有着轻盈的花和叶难以承受的重量。人间的黄属于至尊的专享。因肆意妄为的觊觎，黄色花和叶一样，要么在刻意忽视中寂寂老去，要么以生命换来短暂的叹息。

天地无主闲者为王，想来，与人间背道相向。

桐梓坳的花海，一边紫得旖旎，另一边黄得倔强。中间的路影影绰绰，把它们隔成了河，隔成了歌，隔成了难以取舍的选择。

一个人的上梧江

上梧江的水是树染绿的，一山的树扑向河里，另一山的再叠上去。上梧江的时间是拨慢的指针，泊在码头边静靠的船上，停在枫杨粗黑的树干上，在吊桥的拉索上踱着步子。

“又结籽了。”码头上的男子看着岸边的枫杨，跟三十二年前一样茂盛。枫杨的时间串在荚上，他的时间挂在发梢上。那时，他刚从学校分配来这里，觉得日子会一直朝前走，他要迈着大步赶，现在时间从身后追上了他。时间没有改变上梧江太多，只在他心里，不急不缓画了一棵树，一座山，一条河。

河水在群山里拐着弯，每个弯都是盛满浓绿的碗。他曾住在其中一碗里，宿舍邻水，阳台正在碗沿。清晨他站在阳台上，看着阳光从山背后爬上来，一小步一小步漫过水面，迈过高过楼顶的树梢。等阳台全遮在树影里，他离开小屋开始一天的工作。整个白天，上梧江都在生长，到了晚上一切静下来，就会听到许多白天听不见声音。他坐在阳台，听风在阳台自语的声音，听树叶和树叶说话的声音，听河水打呼噜的声音。这许多声音在河面上交响，汇合成天空的和声，大地的和声，自然的和声，越是寂静，越是四处回响。人应该保持沉默，哪一部交响曲里都不缺少这个声部。他不怕沉默。他的沉默在人群里。

他在上梧江呆了十二年。一个地方待久了，就会觉得自己像一座山，一条河，一棵树一样，也成了这个地方的一部分。黄昏一抬眼，枫杨的荚挂着，把时间结成了绳。又一个黄昏，一低头，风杨的荚串落了，时间跌落在土里。时间就这样在枫杨上来来回回地路过，就像他在一条条土路上，也走过了千次万次。那些土路枝枝丫丫地伸向一块菜地，一坑水塘，一户独门孤院的人家……几步就到了尽头，日复一日地消磨着他青春里的远足，让一辈子变得局促。上梧江的土路是脉络单一的读物，他读了一次又一次，记熟，背会，闭上眼睛都知道下一行写着什么。

有个夜晚妻已睡熟，微黄的灯照着她隆起的小腹，这是他的山，他的河，他的地。外面的路千万条，他要带着妻和即将落地的儿，走向更宽更敞亮的地方。站在阳台，雪打在他脸上，一把把羽毛的刀割断了那些声音，那些土路，那棵风杨。

“又回来了……”因为他的到来，上梧江码头台阶的石砖比别处的更细腻，更光润。枫杨因为失而复得的倾听，重新开始了合唱……他还没靠岸，还没看见村庄，便一眼认出宿舍上方那块的天空，曾经的梦云朵般飘浮在那里，指引着他。

宿舍楼前的鸡爪树是他多年前种的。树长在河边，每天都会有人经过，但没人知道它改变了什么。他知道。它改变了风的走向。风本该直接吹过河面，吹到更远的地方，现在却只能从它的缝隙钻过，从它的上方越过。它改变了草的生长。它生长的地方本该密密地有着苍耳、鱼腥草，还有许多说不上名字的野花，而现在，它们只能零星地出头，像一个个潦草的叹号。它改变了时间和人。它结出的鸡爪，让时间在一棵树上分出了开始和结果，让一些人从开花起就有了对果实的等待。他种的树，小小地改变了上梧江。时间没能留给上梧江的，他留下了。时间没能改变的，他做到了。

多年后他明白，一个人离开时没能带走的，到最后都会唤回他。离开上梧江二十年，他去了许多地方，见了许多人。走的路越多，枫杨垂下的荚越清晰，河面的风越清晰，上梧江的土路越清晰。有些人一辈子待在一个地方，直到把自己也变成了那里的一部分，身体肥了那里的土，名字成了那里的故事。有些人，路越走越远，回忆越走越轻，想回头时已经找不到路，只能老死在路上，再也回不来了。

如今他来了。这是他的上梧江，一个人的上梧江。在这里，一座山是一个人。一条河是一个人。一棵树、一条路……都是一个人。

不设防的博物馆

Y：

我已从杭州至绍兴，勿念。

西湖形貌清丽，只可惜过于人工雕琢，难得天上人间之感，难怪晚明张岱《西湖梦寻》云："若西湖则为曲中名妓，声色俱丽，然依门献笑，人人得而媟之矣亵。"乌镇和余姚都很好，但都不如绍兴。

你说我食古不化，有朝一日会退回故纸堆终老此生。你懂我。素喜那些不拒绝我靠近的城市旧迹，口衔铜环的走兽、刻木雕花的窗棂、磨得光亮的藤椅，甚至是苔藓的户对门当，都可以让我亲昵半晌。去过的古迹虽多，但多森严得紧，生疏得紧。绍兴却没这距离，一座不设防的博物院，敞开着由你亲近，放在手心里把玩。

水乡泽国，水多本不足为奇。但这里无论城乡，窄窄细细的河道犹如蛛网，寻常人家尽枕河。坊间常拿威尼斯和它相较，威尼斯我没去过，但异国情调只堪玩味，比不得中国情结，仿佛一阵阵儿从骨子里往外渗。这里是国内最多桥的城市。我查万桥博物馆资料，有桥名者 645 座，至今尚存十之九多。你一直对凤凰沱江上的虹桥赞不绝口，若你看到这里的桥，你更会惊奇。

这些桥大多青石堆砌，其上青苔覆盖，加之时有石缝隙的枝叶蔓延其间，几近走进中世纪的城堡。不同在于，童话世界唯美，遥不可及，而这里，垂虹玉带门前事，是水边人家日日的生活。我爱死了这满眼的绿，招摇着的生命蓬勃的绿。记得十几年前到师大，教汉语的李夫子住的上游村那幢楼爬满了凌霄花，红花点缀，我好生羡慕，心想，若将来也能有这样的小屋，当是最幸福之人。现在我终究是住在公寓楼的格子间里，与绿野仙踪的梦境失之交臂了。

这里船也多。对乌篷船的好奇始于周氏兄弟的文章。永州也有船，但船多为机动，沿途观看风景，十几里水路在发动机的“突突”声里一晃而过，回味不多。似这般手摇脚踏的，是稀罕物，也就是渔家水浅处偶尔划划。我坐的是半篷船，船篷只遮盖船身一半的小划子，正宗的乌篷船几乎全被竹子覆盖，只留出船头一小块地方。平日乘坐倒也遮雨挡日头，若是像我这样看风光的，反倒是妨碍。黄昏日头将落未落时，乘小舟从桥下划过，你可知那是种怎样的惬意？余晖轻洒，微风徐来，只往栏杆上一靠，头顶着不时掠过的绿，轻灵灵地走进了小桥流水人家的画卷。

老友，你还记得读书那会我们从伙食费里省出钱来偷偷买酒的事吗？酒名“加饭”，酱油色，便宜得很，一块二一瓶。我一直以为那是祛风止痛的药酿，没曾想竟是绍兴黄酒。“花雕”“女儿红”“状元红”倒是听说过，却不知竟是同一品种，只是叫法和用途不同。绍兴人家酿酒成风，凡有大事必有酒宴。常是家中子女降生便开始酿酒，酿好后封坛埋入地下以待佳时，一埋数年。有女出嫁，或是子得中功名，便挖出设宴以谢亲朋，故得名“女儿红”和“状元红”，又因酒坛有彩绘和雕塑，也叫花雕。“饮罢再问诸君口，杯中冠军数绍兴。”你是懂酒之人，酒乡和酒香的佳话俯拾皆是，不来真可惜，寄回几瓶上好的“善酿”供你清尝。

绍兴地方不大，你来时切记不要跟团，找辆黄包车四处转转，自在得很。车费很便宜，自觉剥削了人家的汗颜。车夫也热情，附带讲解，还兼摄影。城内景点免费，免不了让人赞美经济发达的好来。

钱塘人家多富庶，却重商轻学。绍兴人更看重后代才识，弹丸之地，所出文人名士比河边的乌篷船还多。江南人多温柔，出身十富九贵，文字绝美，很有些不食烟火的小资和贵气，朱自清、张恨水、周作人、俞平伯、徐志摩都如此，鲁迅算个另类。不似湖南尚武，争勇好斗，性格泼辣，难出文人，领袖将军倒出了不少。一方水土养育一方人，对极。

周作人那本《雨中的人生》现在读来和大学时有天壤之别。少时心内有把火，定是要那些跌宕的情节和华丽的文字才浇得灭。只有人到不惑，才知人生就在那些寻常之中。文字的境界如此，人生的境界也当如此。周氏兄弟名气大，特别是鲁迅，说到绍兴罕有不提他的。但我只喜他文字。我是女人，他待朱安的薄凉尤不能接受。

这次行程匆忙，许多地方未去。兰亭修禊盛会遗风极远，令人神往。王羲之的行楷二体俱佳，行云流水，可惜《兰亭集序》自唐太宗逝后便无踪迹。有说法是因太宗爱不释手下令陪葬，但昭陵被盗，并无其踪；也有人说是被则天皇帝秘密带进乾陵。说法种种，神秘莫测。湖南省博物馆珍藏一幅唐人的摹本，不过展厅里是见不到的。沈园、青藤书屋、鉴湖、诸暨也各有秋千，都值得细细观赏。真盼你能来与我分享这里一切美好。

夜深，就此搁笔。祝好。

虹　7 月 22 日于绍兴

梦境边缘

如果想寻梦，请去兴坪，那里有邂逅的怦然惊喜；如果梦破碎，也请去兴坪，那里有梦的遗迹。

立秋刚过，清晨的风已透着几分清冽。微风里，莲花山玉立，身披浅红纱带，若隐若现。阳光从山顶慵懒起身，漫过漓水，照射群峰，山下的小镇也被阳光唤醒。这是立秋后的第五个戊日，镇上要庆丰收，谢社神。

小镇名叫兴坪，离县城阳朔二十五公里。三国东吴时，这里的狮子崴村是熙平县衙，车水马龙，川流不息。隋开皇十年，熙平迁到阳朔，小镇成为圩集。年深日久，熙平读音讹传为兴坪，沿用至今。狮子崴有株古榕树，八个成年人伸开手臂方可合抱，树皮被时光反复雕刻，留下凸凹的印痕，距今已有一千七百三十多年。它和小镇一起生长，仿佛垂髫的长者，每一缕垂下的根须都见证着小镇的沧桑，挂满了万家灯火里的梦境和悲欢。

阳光愈炽，码头上竹筏摩肩接踵。“自笑不如南海燕，年年秋社是归期”，秋社是小镇人祭祀社神的至上节日，也是难得的狂欢。镇上关帝庙里的万年戏台即将上演最华彩的一幕，小镇人翘首已久的大戏“仙姬送子”。祭祀队伍的诵唱声、戏班的搭台声、熟人相见的招呼声、松花糖的叫卖声……庙前人声鼎沸，此起彼伏。锣鼓三声后，二弦、月琴、唢呐、海笛齐齐奏响，仙姬莲步轻移，顾盼的眉眼里秋水粼波。夫君董永高中归来，金丝蟒袍，柔情款款：“前方可是仙姬我妻?”“正是。”仙姬水袖轻拂，划出甜蜜的弧线，柔和纯净的声音掠过漓江，穿透云层，在莲花山上回荡。

漓江从老山界出发，向南一路蜿蜒。兴坪境内水域长达20公里，是桂林山水的精华，最浓墨重彩的一段。这里有九马画山、黄布倒影、僧尼斗嘴、雾绕青螺的自然胜景；有让孙中山和克林顿流连忘返的古朴渔村；有大河背山的秀丽身影，长久定格在1999年版贰拾元人民币上。

兴坪两岸群峰连绵，竹海茫茫，海拔千米以上的奇峰数以百计，齿梳密集。风静时，峰影疏林倒映江中，沉入水底；风起时，凤尾竹夹岸摇曳，是女子轻盈的舞姿。河水清澈，水草铺底，如浓绿绸缎环绕，点缀山间。若阳光正好，透射水底，水草折射出纯净的孔雀蓝，似宝石落在水面，又像河不动声色，直流到了天际。岸边铺满光滑的卵石，大小不同，图案各异，拿在手中就像握住了微缩的漓江山水。白天，河上轻舟竹筏往来穿梭，山歌小调间或响起。傍晚时分，船上渔火次第亮起，在粼粼波光中闪烁。

马跃华山人睇镜，果然佳胜在兴坪。上帝的眼中，万物渺小，众生卑微，为何独独偏爱兴坪？是因为在不经意中多看了一眼？还是，因为小镇不离不弃的温柔守候？

小镇的十字路口不过方寸，却是两个世界交汇的中心。对视漓江，繁华在左，孤独向右。

东南是古渡码头，曾经商贾云集，是往来交通的停靠点，现在变成了游览兴坪渔村的游客乘船地。不变的是江岸青山如昨，人影熙攘依旧。络绎不绝的游客带来了天南海北的向往，也带来了诉求迥异的碰撞。小镇不独是阳朔的，也是世界的；不只是古朴的，还是时尚的；不再是单一的，更是多元的。

关帝庙粉墙乌瓦，镂空的砖墙的里飘出咖啡的浓香，黄油布幌子上的肆坊名换成了某某咖啡店的字样；拐角处某个篱笆后传出周杰伦含混的歌声；街边爬满青藤的阳伞下，夹杂着丰富表情和肢体动作的英语和桂林话亲热交流着……有那么一瞬，你会觉得时空错位，不知穿梭到了小镇的前世还是今生。属于游客的小镇热闹非凡，而在通往码头街道的另一侧，少有游客踏足，那里的巷道是孤独的，即便是白天也透着丝丝落寞。

狮子崴，一个曾经上演过熙平各种传奇的地方，房舍随朝代更迭已化烟云，唯古城墙轮廓尚存，随处可见的断瓦残垣似提醒来人，这里曾经繁华。

老街的路青石板铺就，六百年岁月如洗，磨平了它的纹理，增亮了它的润泽。放慢脚步，“哚哚哚”地走在上面，不经意就被泛黄的老时光轻轻一撞，跌落在温软的怀中，彻底沉溺。若是晨昏时赤了脚在风里来回踱，漫天流霞从发梢从裙裾滑过，直落脚底。青石路两旁，一色是青砖青瓦的老屋，数百年的光阴把它们涂成了幽暗的青黑色。

游人散去，小镇回归本来面目。热闹了一天的小镇累了，它褪去绚烂的外衣，铅华洗尽，尽情享受江风的亲昵，享受无边的月色。夜如帘，卷过小镇的每一扇窗，每一盏灯，每一张满足又淳朴的脸。

该用什么词来描绘兴坪人呢？众多青睐目聚焦光，全球化和商业化的一次次冲击，是否让他们经历了传统和现代的激烈碰撞，嬗变成熟悉的陌生人？

去留无意，漫随天外云卷云舒。也许是久与静谧田园为伴，快节奏的生活方式在兴坪很难看见，他们乐天知命，温和悠闲。尽管旅游业发展多年，但这里依旧是一方桃源。老街两旁各式店铺栉比，少有店主出门拉客，只静待客人到来。有人进门也并不过分热络，自顾自做着手中的活计。买与不买都无妨，不会有言不由衷的迎合，更不会有冷嘲热讽的不屑。猫儿狗儿们懒洋洋地趴在门前晒太阳，再急的脚步也不能让它们抬起头细看你一眼。走进这样的店铺，就走进了小小的展厅，尽可以慢慢走，细细看。

小镇东北角有家经营竹木工艺品的小店，店主是个中年男人，寻常得像店里的原生态竹雕，背街坐在店外整理的物件，很少观察往来的人流。一件半人高的苦楝树根在他手中已清理许久，用螺丝刀小心地去掉根上的泥石，再刷去浮土。动作娴熟稳健，不疾不徐，手下的不是树根，而是脆弱稚嫩的生命。跟人说话也不抬头，声音缓慢低沉。世间的一切与他无关，你来或走，他自在那里。

一方水土一方人。兴坪人以不变的平淡守望山水，守候传统，也守护着舌尖上熟悉的味道。

靠山吃山，靠水吃水，漓江边的兴坪人是伴着漓江鲤鱼的鲜美长大的。现代人的口味像万花筒，很难对一种味道从一而终。可兴坪人却执着坚信，无论多么长久的岁月，无论多么惊心动魄的历史，落在食物上都是不动声色的简单。漓江鱼已是天地馈赠的无上珍馐，再加上一瓢聚天地精华的漓江水，碗里盛就的是日月山川四季风华，还变什么呢？

上帝眷顾兴坪的山水，也眷顾着兴坪人。世界走得太快，应该留下个可以放慢脚步，细嗅蔷薇的地方。

夜渐浓。群峰渐隐。小镇人各归其家，晚餐的桌上已摆好碗筷，漓江鱼散发着阵阵酸香。而在小镇旁的三千漓景区，狂欢的帷幕刚启。

超大功率的射灯变幻出各种几何线条和缤纷色彩，将漓江扮成巨大舞台，这里即将上演大型山水实景神话歌舞——三生三世三千漓。巨额投入和高科技共同打造了一个崭新的小镇，迥异于古街的回望，这里是新风尚的瞭望台。演出用的渔舟穿梭，江面紫、橙、红、绿、黄……的灯火轮番演绎彩虹的色带。上帝给了漓江素颜的面容，灯光另赋予它浓妆，让它换头换面，闪亮登场。

清吧“胡桃里”灯光昏黄，色调暧昧，这有三千漓景区里的另一个小舞台，人们吃饭，聊天，享受着烛光和音乐的罗曼蒂克。台上驻唱的女歌手神情冷漠，目光和选曲都不为迎合观众，掌声响起也只抬眼略微一笑，似乎听不听，喜不喜欢，她都这样安之若素，自顾精彩。也许，这就是兴坪独特的气质，独特的魅力所在。

“无声又无息花落了满地，只留下芬芳依稀，蓦然再回首梦还是一样，为你等在夜未央……”歌声绵邈，挽着夜色在三千漓上空回旋。莲花山顶，仙姬余音未了，清越的曲调和流行携手，谱一曲兴坪前世今生的绝唱。

这就是兴坪。旧貌或新颜，你都可以在这里遇见。它们交织着，亲近着，却默契地互不影响。如果你还不知道梦境是什么，那么去兴坪吧。无论站在哪里，都是它的边缘，都会看到它的模样。

第三辑

身旁卑微的事物

万物各有尊严

我爱那些卑微的事物

我爱卑微的事物，落叶、石上青苔、水泥缝隙里挤出来的草、雨中蠕动的蜗牛……因为，我也卑微。因为这里，没有生命不在拼尽全力。

在卑微的事物前会忘记卑微。在拼尽全力的生命前，会提醒自己同样要拼尽全力。

比如，当我和一片随意生长的草籽相遇，惺惺相惜。

野孩子的秘密花园

斜坡上一片野瓜蒌肆意蔓生，纠缠成了一段错综的亲密关系。瓜蒌蛋圆状，据说可以入药，治肺病。我曾祈祷，永远放弃亲身体验这些药草的机会，上帝也许没听见我的祷告，他是一个过于庞大家族的父亲。而我，是被忽略的野孩子。

因了这种忽略，我时常无端恐惧，比如突如其来的疾病。我抗拒一切药物，却不得不亲近，后半生能写成圆满的句号、戛然而止的破折号、暧昧不明的省略号，还是磕磕绊绊的逗号，全仰仗它们了。

给瓜们编号，野一号，野二号……虽然并不能真分得清。在自己编写的剧本里，我要任性地行使一回无上的权力。我是傲然的神，它们匍匐，是我的野孩子。斜坡上的秘密花园，有我隐秘的快乐。

野孩子们一天天长大。它们的身体里蕴藏着世界上最小最为精巧的水系。我想象无数的河流奔涌，向着不知名的远处激荡前进；想象成熟时，它们袒露出鲜美的躯体，里面孕育了轮回的生命……命名时，我和它们建立了秘密联系，对它们负有责任。唯一不敢想象的是野孩子们长在路边，目光的好奇和过近的距离会同时将它们置于险境。

不惧怕鸟类。果实成熟后鲜艳的色泽，本就是诱惑鸟兽的利器。种子要被带向远方，需要借助翅膀的飞翔和小兽的腔肠。这些野孩子，有与生俱来的诗意和征服欲。需要担心的是像我这样好奇又不计后果的人。用树叶搭起视线的伪装，小心地留出阳光可以照射的缝隙，我是内心神圣，又动作笨拙的母亲。

“妈妈，那些圆圆的是什么呀?”一个孩子掀开了树叶，我长时间的操作引起了他的注意。掩饰有时意味着暴露。

“长得像西瓜，就叫野西瓜吧。”母亲的声音充溢着西瓜汁液甜美的丰盈。

“西瓜!”孩子很兴奋，眼前展现出甜蜜的夏天。

孩子用力甩开一个野孩子。最小的河流四散，像决堤而出的兽。阳光灼热，水系很快消失，直至蒸干最后一滴。母亲的眼神充满宠溺，如果可以，世界都是母亲送给孩子的玩具。

“不是西瓜，骗人。”孩子明显失望。他的好奇心猛然摔落，像手中自由落体的野孩子。他将又一次明白：不是所有的期待都能有渴望中的结局。一生中，他会无数次经历这种烦恼，也会无数次遗忘，对于生命漫长的演出而言，任何音符都不会长时间回响。

我们都太着急爬到上帝的脚边，去翻看早已设置好的底牌。生长是一种缓慢的奇迹，所有的神奇都源自对时间的尊重，好奇轻而易举就摧毁了它。好奇本该是通往未知的钥匙，但有时也会暗藏毁灭的杀机。

体内某种东西被打破，有碎裂的声音。我会难过多久?这个在我眼前消失的野孩子，很快就会成为一本厚书中翻过去的一页，一个朗诵时换气的符号，一个长段落里的逗点。

怀念是和自己沟通过度，记得本该遗忘之事。而我回忆的容量早已不足，像一盘旧影带反复录制，录下的东西模糊，播放时还带着呲呲的杂音。

我选择遗忘，谁让我是个野孩子。它们也只是野孩子。

芦苇的嘲笑

帕斯卡尔说：人是一棵会思考的芦苇。哪会。要真是芦苇，思考纯属多余。

人啊，哪比得上芦苇。芦苇在风里摇来荡去，人呢，一阵风就吹凉了，吹倒了。再也直不起来了。

我看芦苇，“一年就是一辈子，真好。”

芦苇看我，“一年就像一辈子，真傻。”

人人都是茅花

冬天，天上有雪花，天是白的。地下有茅花，地是黄的。雪花往下落，茅花往上飞，都没有目的地，闭了眼乱跑。一出生，每个人就拿到一个地址，一辈子的路都朝着那个地方去。不过，常常走着走着，不自觉就成了别人的样子。

雪花落下，一起落下的还有人们嘴里的惊呼。那些声音也被冻住了，再大的风也飘不远。雪有什么好呢？不要以为它是冬天温和的装点，雪只会冷峻地覆盖和侵略。膜拜，只留给引发恐惧的人。

一点茅花粘住我裤腿，风吹不掉，仿佛有种不容置疑的信任。虽然，它会这样依恋每一个路过的人。但此刻它认定了我，从此将跟随我的方向。我的地址里没有它。我不拍落，也不会悉心给它安排个去处。一个偶然。它可能会落在水里，车轮下，瓷砖的地板……前面是不可知，却猜得到结局的命运。命运早已预设了答案，只是翻开得早或迟。在某一处生根，四处飘落，不顾方向，茫然选择……最终走向既定的结局。

人和茅花都是一样的。

醒来后觉得甚是欢喜

一觉醒来，窗外云很高，天很蓝，蝉声忽高忽低。起床穿衣，腰腿灵便，神思清明。知道又一次跑赢时间，多得了一些梦，多活过了一日。当下鲜活，伸手就可揣进衣兜里。老父亲面色红润，端坐客厅，桌前面条软糯，煎蛋溢香，知身体尚安好，与昨日无恙。

一切如昨。一切向明天而去。真好。心里踏实，便觉欢喜。

阳光不温不火，时间将醒未醒。路上，香樟的落叶还未被清扫，苏格兰褶裙般错落排列。连死了的植物都知道把自己包装得华丽复杂，这让我尴尬。每走一步簌簌作响，空灵如地下传来的神曲。万物有灵，该温柔善待，任由叶片重归泥土，水分和色泽慢慢地老去。只惜世人渴慕鲜活，难以接纳枯萎是另一种美。幸好此刻，它们安然，静候轮回。叶的静默里仿有深思，也似有雄辩。

随手拾一片叶，叶面残损，虫噬后的孔洞星罗，如我的人生，数十年千疮百孔依然倔强。它和我同经洗练，见它如照镜子。举叶片于眼前，阳光穿小孔而过。太阳神圣不可直视，此刻被筛成一小片树叶上卑微的斑点。握它在手，如握命运。

想人生无常，此时安稳置于手中，心下欢喜。

两小儿早餐。碗里不知何物，吃得香甜，似树破土，鱼饮水，旺盛茁壮。人至中年味觉迟钝，饮食日渐失去吸引力，腹肚和灵魂都有说不出的空虚，若学小儿简单，想来快乐更容易。

走回家中，顿觉粥饭美味，咸菜宜人。桌前捧书而坐，吊兰叶翠解意，清茶净透香醇，书中文字可亲。再切西瓜半只，人生不过如此。拭净拾回落叶，大写“乐虹”二字，覆于《世界简史》作者名字之上，宏宏巨制立时归我。再移至“世界”二字，即变《乐虹简史》。乐虹的世界史，世界的乐虹史。心中得意。欢喜之极。

醒来后，今天比昨天新了一天。明天比今天又新了一天。日子一天天明明白白的平凡，一天天地爱。这样欢喜，真的让人想一直一直活下去。

美的反义词

红叶石楠名字很多，“红树叶、石岩树叶、水红树、山官木、细齿、凿木、猪林子……”最喜欢“红唇”，有美人的诱惑。

春夏之交，蚧壳虫在石楠树上狂欢。一片树叶偏这般红艳，僭越花就是原罪。花的色和香本是为了吸引虫，被蚧壳虫当成花，怪谁呢。红唇被撕出丑陋的豁口，丑美人。

美能用来干什么呢？好像只能迷人。要是将人迷死了呢？要是迷住的不是人呢？再要是，迷了许久，才发觉根本不是美呢？或是，原本是美的，迷住了，美却消失不见了呢？

都以为美的反义词是“丑”，错了。美的反义词是“悔”，是“怨”，是“恨”。

美是无用的事物

如果你不是实用主义至上论的拥趸，应该能接受——美很多时候是无用的东西。

一片落叶，不去想肥了土地，欣赏时间留下的印记就好。不去想造成的损失，欣赏大雨的声响就好。树根下的蘑菇，不去判断它能不能变成舌尖上的味道，惊叹它童话般的姿态就好。

以实用来衡量事物，得到的是判断、概念，是常识。美的事物不一定有用，虽然有用也是另一种美。这世间的许多美好都没有实际用途，比如水的叮咚，云的变幻，拂过野花梦里的微风……

欣赏美，需要距离。走近美，要做的只是相信。相信它无处不在。相信它很简单。相信目光所及就是它的栖息。

大自然的二律背反

美人蕉类若芭蕉，因纤弱故名“美人”。真的芭蕉是执铁琵琶的关西大汉。

喻美人什么不好，喻芭蕉？“伤心枕上三更雨，点滴霖霪”，雨打芭蕉情越切，声越急，越是心伤无归处，坠入不可知的深底。美人是该和小轩窗、红罗帐、月下花前……联系在一起的。芭蕉，还是伴青灯古佛好。

哪有美人蕉这样的。大片大片簇簇地开，等不及了样，不能再密了样，不能再红了样。美人要有兰心梅骨，任你百般示好，自顾自地冷淡，若即若离，不理不睬。急不可耐地献出全部家当，哑的杜十娘。

东施若效颦，每个笑每句话都是笑话。

一地白色的空蜗牛壳。蜗牛，牙齿最多的生物，柔软的舌头上隐藏着几百万颗牙齿。蜗牛哪里像牛。假得笑不出来的笑话。爬出壳，蜗牛必死，鸟们，虫们，蚂蚁们，都是天敌。阳光也是热烈的凶器。再多的牙也捍卫不了躯体。白色，遗骸上的圣洁，最后的华丽郑重。

为什么要爬出去？一个壳背一辈子，沉得受不了，累得受不了，终究活着。活不了也要爬出去。怎样的沉，累?

疯狂的美人蕉，不顾后果的蜗牛，这样矛盾，大自然真的难以置信。

大自然没有故意二律背反。大自然本身就是二律背反。

野菊花的智慧

又把秋天错过了。这些年错过的多，若全都回忆起来，怕是能合成一篇超长的悼词。出发和相遇哪有什么迟早，早了，迟了，都到不了预想的位置。补不回来的东西，还是不遗憾的好。

围墙下野菊开得正盛，深秋的萧瑟冲淡了许多。野花微贱，盛开时却显庄严。不太好看的人，最耐看。不太好看的花，开得久。万物都有尊严。

植物都知道，上帝眼里一朵花和一个人是一样的，生一样，死一样。只是人类更多期待，更多怨怼和反抗。折腾得多了就有了文明，文明是经年积累下来的跟自然和命运的抗争。但植物认得清。它们活了二十五亿年，知道规律后有命运。花开一季是规律，迟开早开，或能不能开，是命运。命运面前它们沉默，因沉默而高贵，因顺应而淡定。

自然中本无菊，菊花是人的手工艺品，一如金鱼和女人，都是男人按自己的喜好制作的工艺品。

“待到秋来九月八，我花开后百花杀。冲天香阵透长安，满城尽带黄金甲。”黄巢诗霸气。他其实不爱菊，爱的是野心。“东篱把酒黄昏后，有暗香盈袖。”李清照也不爱，她爱自己。陶渊明爱菊。陶先生智慧，爱的该是野菊。若是返到人工栽培的菊花中，再美再雅，不过是从六十岁返到五十九。只有返璞野菊，才通透，才彻底，才真。

人是一棵会思想的芦苇，不好，摇来晃去。若选，不如做乱头粗服的野菊。

女人是光着的树

世界上好像只有花让人难以抗拒。人眼吸收的光波，大部分就是为了迎合和掠取这些艳丽而设的。备受宠溺的精灵，傲娇又快乐。花们若快乐，想来是真的快乐。人的快乐，多半是假装快乐。

我所歆享的，多是从跟自己无关的事物上回弹的快乐。比如一朵花，一棵树，客人般相处。隔了距离的世界才美。若是联想到自己，一些烦心事便滂滂沱沱地落下来。

女人如花，听起来是寓言。寓言是人人都愿意相信的谎言。时间久了后，便成了人人认同的真理。

女人为什么非要如花不可？应该是落叶的树。卸去了所有的文饰，终见本来面目。

女人和树，都脱光后最美。才知道谁最美。

蛛网里的远方

雨后，草丛里散落着蛛网，网上没有死去苍蝇蝴蝶残损的翅，只有雨滴。据说，每滴雨里都住着一个悲伤的天使。蛛网上挂着最小的闪亮的天堂。日出后几个小时它们会消失，丝毫不会有人注意。美吸引人的地方在于：它并不总以伟大和崇高的面目出现，常隐身于寻常。

蛛网上的蜘蛛值得我行郑重的注目礼。全世界 39000 种蜘蛛，只有一半会结网。它证明了我的好运气。蛛丝易破，蜘蛛一生都必须忙碌不停地织网，类似神话中西西弗斯的献祭。诗意向来落在别处，牛背上牧童的短笛吹响在别人嘴里才会悠扬。蜘蛛的徒劳，恰恰成了我的诗和远方。

对我的好奇窥视，蜘蛛毫不回避。如果我能看懂它的表情，应该是笑。这个半盲的眼疾者胜过我太多，能依靠本能，准确判断靠近者是心怀善意还是伺机攻击。而我双目清澈，却始终无法洞穿人心。

我和它各有频率，但此刻，在看不见的时空里有了交集。

爱是蜗牛壳

从隐秘的巢穴里爬出来，大路上到处都是蜗牛慢慢蠕动的躯体，到处是正在演出的滑稽剧。对这种喜欢湿热的小东西来说，雨季是甩开一切恐惧的狂欢季。

没有比螺类更自带戏剧效果的了：最坚硬的外壳，最柔软的躯体。和人类相似，善于把柔弱敏感隐藏在强悍之下，哪怕为此背负沉重的代价。喜欢阴暗，讨厌被阳光暴露式直射。蜗牛有世界上最多的牙——26000 颗，却从不用来咀嚼坚硬的食物，就如人类牙齿最大的功效不是磨碎骨头，而是用来撕咬对手。

我喜欢这小东西，一如喜欢人。我是人群中的一个，尽管他们时常面目和行为同样丑陋。

用耐心交换，我和一只蜗牛达成默契。它伸出触角，爬向我用树叶设置的舞台。一个最本色的演员，任何剧本都表演着同一剧情的慢节奏。

带几只蜗牛回家当萌宠？算了。太过强烈的情感像它背上的壳，难以承受。爱和被爱，都要适度。

王 子

王子是只孟买猫，黑得像最深的夜，眼睛是幽深的蓝，冷的海底。王子的家不在孟买，血统也不高贵。他生在市郊的农场，编号：111。没人喜欢他。妖异的黑猫，只配和黑帽子的丑女巫待在邪恶的城堡里。不是每个童年都是童话。一定要是，有些童话也是黑童话。

一个小伙子买下了 111 号，很低的售价，起名：王子。猫也是有身价的，像嫁妆。但名字响亮，足以让人产生一千零一夜式的联想。王子很难过，不是因为价格，价格再高也是玩物。他宁愿无人问津，继续做黑童话的人质。猫有猫的尊严，怎能像被人任意买卖的玩具?!

作为礼物，王子被主人送给了女朋友。“没有人在意猫的尊严。”王子觉得自己像个小丑。主人们抚摸他，亲昵地叫，它却不理不睬。王子越冷淡，主人们越想亲近，得不到的才最好。不能亲近的冷傲，比王子更王子。

春天，王子的身体里有团火。夜晚火大了，墙一样倒下来，他忍不住呐喊。主人们嫌烦，切除他了身上最春天的部分。王子不恨，只遗憾，那样年轻，没来得及品味爱情。活着不就因为有希望么。人只有一张嘴是活的，眼睛和耳朵早死了，那样多的人一辈子待在一起也对别人置若罔闻。拿走他尊严和希望的人不明白什么是活着，不懂爱，他们连自己都不爱。阉割了再去取悦别人，整个是宠物。不值得恨。

快乐肤浅，痛苦才深沉。春天来时，王子是只黑色孟买猫。春天走了，王子成了沉默的哲人。

命运暗流涌动。第二个春天还没到，小伙子和女朋友分了手，王子成了流浪猫。他是爱屋才及的乌，现在“屋”没了，“乌”自然失去了意义。一面镜子，完整时怎么照都好，碎了再拼起来，照着的全是丑，全是罅隙。他本是件礼物，所有的礼物，早就标好了期限和用途。爱情也是礼物，命运的礼物。

流浪猫王子去得最多的是垃圾箱。他看不起那些乞食的猫，又不是狗，拿忠诚换取一点点残羹冷炙。流浪的王子，也要恪守高贵的美学。冬天，王子瘦成了黑色闪电，被送进了流浪猫之家。生存还是毁灭，不管孟买猫还是哈姆雷特，是王子就要面对同样的问题。生存和毁灭谁来决定？不该是人。他们习惯于把“一厢情愿”当成“爱”，把“做了”当成“对了”，把“开始”当作“结果”。答案是：命运。

一个年轻人认领了王子。王子有了第二个名字：哈迪斯，希腊神话里的冥王，黑衣黑袍，游走于暗夜，注视人间的两只眼，冰山样冷峻。

王子不喜欢新名字，谁愿意和死神紧挨一起。虽然每个人一出生都一步步向死神走去。但王子能享受，至少不用再强忍着假装亲近。死神，本就冷漠。新的名字预示一段新的旧关系，像剧场里主角来来回回换，观众依旧是一时在前排一时在后排，看演出而已。

新主人从不打扰王子。前两个主人热闹，不是狂欢，就是战争。大部分时间新主人都不在家，整个房子是王子的，主人倒像外来者。回来后也沉默，坐在沙发上一支接着一支烟，安静得像死神。两个死神。同一频率的振动容易共鸣。王子对新主人多了几分好奇。

主人有时像在对王子说话，更多时候自语。王子知道那种感受：好多话不知道对谁说，说出来也没用。世界上每个人都在说，却没有人听，尽管他们用的是同一种语言。一条鱼拥有了整片海洋，一只鸟拥有整片天空，却看不见另一条鱼，另一只鸟。

主人喜欢晚上。人和夜空距离近，跟人心远。夜，暗得幽深……暗得就是孤独本身。王子喜欢有星的夜，他的眼就是黑夜中坠落的流星。每个人都有独属自己的一颗星，望向同一片星空时，会在目光里遇见。

36.5℃

一只鸟路边伏着，见我蹲下歪头瞅瞅。我非它同类，但也能感觉到它的平静。即便对重伤的鸟儿来说，出自本能也必须挣扎躲开逼近身边的庞然大物。它不惧我。

我小心伸手，试探着摸了摸它毛茸茸的头，它没躲避。指尖传来的温度和我一样，36.5℃。感受到被一只鸟信赖的陌生的幸福，一瞬间，我以为它是只走失的宠物。

看不出它哪受伤。也许渴了，累了，饿了。也许出现在我路过的地方，只是为了邂逅我。该拿什么回报这样的幸福。

小米？小虫？面包屑？还是花蜜？我分不清它是麻雀还是别的种类，像对着一个谜题，茫然失措。

它还是歪着头，瞅着我。让人眩晕的幸福。

对视后，扑扑翅，它飞走了。一只会飞的鸟的信赖，高过 36.5℃。

雨之闲

年轻时极讨厌下雨，每出门鞋袜必湿，裤脚也总是打满泥水渍。上了点年纪，走路愈发没了姿势，却不再讨厌下雨。小雨嘈切是丝弦，大雨滂沱是交响乐。只要不成灾，什么时候下都好。久旱甘霖自不用说，三伏天里洒上些许更是让人舒坦。但不管何时的雨，都比不上这乍暖还寒时。

早春二月话悠闲须得在雨时。倘阳光明媚，自有抑不住的欢喜，心中似有花开放。若寒冬腊月也不行，年关将至，忙得没时间没心情。方得这时候，年已过，天还冷，雨才闲最是时候。因为冷，便有了十足的理由蜷在被里。“呀，还下雨呢”，嘴里叹着气，心却偷偷歌唱。还有什么比这更能原谅自己的慵懒呢？点炷香，泡杯茶，再翻翻书，最惬意。

雨天适合燃香。晴天和雪天光线太亮，看不清烟气缭绕，须得是灰蒙蒙的底才衬托得清晰。曾买过好几个香炉，最中意的还是佛手炉，紫砂胎，亚光的黑，双手合十状，烟气从指缝间袅袅飘出，如慈悲在怀，时光静止。沉香最好，香气恬淡幽微，夹杂着花果味，似有若无，偶然间穿透口鼻，只觉恍如隔世。要是没有，檀香次之，清畅温和，也不失上佳的选择。寻常的花果香浓郁刺鼻，只能是聊胜于无了。

如只闻香而坐难免枯寂。修禅之士向往清净空灵，凡俗人等大可不必如此，还是闲中有趣的好。古人视“红袖添香夜读书”为人生乐事，佳人相伴，温香玉软，哪里还会觉得苦。细想来，美人在侧，心猿意马，读也只能读些“手如柔荑，肤若凝脂”的句子。还是只燃香的好。心静了，字字珠玑，大千世界有形的无形的都真切再现眼前。要是没看进去，翻着书发发呆想想心事，也是醇和静美的时光。

读书时再泡上一杯茶，这闲就更出味了，浮生半日，尽在茗中。酒其实也好。绿蚁新醅酒，红泥小火炉。只是酒热性酣，更适合雪天三五小聚。雨中之闲是属于静的，适合一个人独享。

绿茶性凉，阴寒的天气里喝红茶和黑茶好。红艳明丽的茶汤驱了湿冷的凉意，暖胃，更暖心。特别偏爱普洱的厚重，耐得住高温，经得起沉淀，发酵的口感里有发酵的人生。曾试着效仿妙玉取梅上雪煮茶，终觉麻烦。若有好茶好水，自是美事。不得也无妨。喝茶，品的是淡泊，喝的是心境。

雨天燃一炷香、看一本书、喝一杯茶，方知这雨雨晴晴、有有无无、悲悲喜喜、浮浮沉沉中都是人生。

寻花问柳

“我现在正在一片桃花林里发愁。一年四季，为什么春天和桃花这么受宠?”友灵魂发问。若要找些理由肯定不难。诗人们不最钟爱春天么。好多理由是事后回想出来的。一见钟情的那瞬，能抽丝剥茧地冷静么。一切的好都是偏爱的好。但人需要给自己的想法和行为都找个归处。

大约，初春吸引人是因为最难将息。乍暖还寒，像变脸，永远猜不到下一刻剧情。精神上时时兴奋着，花柳的萌动，山水的回暖，倒比其他时节容易体察些。仲春后，天气一日日稳定下来，出人意料少了，无趣便多起来。

还大约桃花不是稀罕玩意，贱。贱有贱的随意。若见梅花一树，松枝数虬，大约不能“癫狂柳絮随风去，轻薄桃花逐水流”地随心所欲。得夸。夸，就得正了衣襟，端了架子。人人都夸的，已不是花和树，是品格，是等次，是态度。桃红柳绿的俗，真便雅；梅洁松劲的雅，假便俗。桃花开柳树长的地方多有山水，中国人素来笃信风水，傍山面水，桃浓柳密，宜室宜家。

桃和柳名头大，名声却不大好，“轻薄桃花逐流水”，水性。女子若沾了桃柳，类如狐狸精。男人骂狐狸精，心中却想遇上不枉此生。女人骂得更厉害，可依旧忍不住暗自假设，自己成了狐狸精的模样。

何种女子可人，人人自有偏好。但若说哪类女子最勾人，丁香女子梅花女子水仙女子……要靠边。女子长了凛凛然的“松腰”“竹腰”“菊眼”“兰眼”，便然是立了“请勿打扰”的牌坊。勾魂，还是桃花眼儿媚，杨柳小腰娇，一忽闪，一轻摇，一个眼波抛来，水漾似的。桃柳女子自带山水，上佳。女人若没了山水，可人个啥？

魔鬼可怕，魔鬼身材人人亲近。越反逆，越诱惑。

指南针

沿水面低翔。白鹭的羽毛湿透。

候鸟的翅翼，一生听从来自星空的召唤，仿若神的仆从，朝圣天堂一样朝圣南方。哪怕前方浪大。哪怕贪婪的网。哪怕下一秒，慷慨赴死。

白鹭跳动的心脏里，时光深埋下指南针。像雨对大地。像河流对海的奔赴。像落花零落成泥。像旅人的眼，远望家中的灯火。像游子的脚，终生朝着故乡。

像你身上，不分昼夜发出无法抗拒的磁场。

一朵桂花上的迁徙

国庆节前与友约同上萍岛，那里有数十棵百年金桂，齐开时半岛金黄，甜香盈河。桂花在湖广是寻常物，因为过于普遍，这些树平素很难留住人的目光，是四季流转中不变的深绿背景，步履匆忙的时间最安静的友人。

假若只是一味安静，不是卑怯，便是死亡。举凡生命，总会在某一时刻自证特别和尊严。中秋前后，桂树爆发出积蓄了一年的力量。花极小，但密集簇生，由不得谁不多看几眼。颜色从淡白、浅黄到金黄，再到橙红，细小花朵牢牢锁定住太阳的色系，特别是那香，阳光蒸腾下浓郁到侵袭。苔花如米小，也学牡丹开，优胜劣汰的残酷中，万物顽强练就生存之道和平衡法则。平凡卑贱之物常常与高贵和强大有某种类似，是巧妙的模仿，更是大胆挑战和不羁的僭越。

想起李白的诗句，“一枝红艳露凝香，云雨巫山枉断肠。借问汉宫谁得似，可怜飞燕倚新妆”。写的是杨玉环，名花美人，相得益彰。

牡丹大多无香，它的颜色和形体已经足够富有侵略性，无须再以气味引诱。气味浓郁的，大多如桂花一类花形细小或是色彩单调的植物。美不会全部集中于某一事物，瑕疵是造物主体现公平的不二法门。

史籍有记，贵妃肤如凝脂，出汗时色淡红，有异香。不知史籍是否戏说，毕竟我辈大汗淋漓时难有芬芳。倘若贵妃真异于常人，便好奇李白写诗时距离贵妃多远，是否有幸靠近香泽，提笔之时脑海中是否浮现过桂花。牡丹确实色形俱佳，可毕竟活色生香的才是真美人……这样一路想下去，长安盛世里遥远又生动的细节，重组出无数新的大唐离歌。

因腰疾，赏花之约未能成行，友人的桂花文却依约完成。那个桂花一样馨香的人啊，把拳拳之爱付诸文字，用另一种形态让即将凋谢的花香得以永恒。而我只是沉湎于时空穿梭的想象，并不时偏离频道，咀嚼着记忆中桂花糕的滋味。

白　菊

再过几天白菊要开了。

她喜欢十一月，干燥，又有小阳春的暖。水分一多，好些东西、好些人和事都会发霉。霉的东西和霉的关系，都不值得留恋。

门前土坡种着白菊，别人门前各式的鲜艳。她的花和她的人都一样。有些艳丽开过了，还有些开在心底。跟月份一样，白菊也有她喜欢的况味，故人的味道。

几天，像几个世纪。很多前年，她等过玫瑰，还等过别的。等着等着，玫瑰褪了色，她也褪了色，时间老了起来，她也老起来。人都是在等待中老的。只是老了，不是成熟。苹果熟了，不是老，苹果要是老了，就烂了。把放在别人那里的希望收回来是成熟，她一直学不会。

白色让她亲近，不冒犯，不远不近的疏离，淡淡地浓，浓浓地淡。人情味应该这样。白菊有老友的舒泰。老友的“老”，淡而久，情人却不是。老情人的“老”是旧，霉过的旧。

再过几天，白菊就开了。

别跟一杯奶茶讲道理

好的阳光，暖意里能带给人甜的气息，像奶茶的味道。

冬将至，还没喝一杯奶茶，不踏实感油然而来，有如被来来往往的人群遗弃街角，万种孤寂。一杯奶茶里不知盛了多少网络时代的时尚。时尚为王。

不用俯身屈就，弄出几声动静就能让人为之发狂。没人愿意被隔离在群体之外。时尚是流行，花费极小成本，一杯奶茶就可自证融入了时尚。那些含糖量惊人的玩意不负责满足肠胃，只讨巧社交媒体精心塑造的大众心理。流行需要大众，大众更需要流行。就是这个道理。

道理的留给道理，生活的归生活。道理是内裤，应该有，但总不能见人就说道理。

雪到荼蘼

冬天要是不下雪，就像一出戏里没了戏眼，再热闹，味也终究寡淡。定得有了雪，才显得盛大而隆重。

中国南部湿热，季节始终定格在春夏之间。人们身上永远鲜衣怒马，连植物都壮硕，肆无忌惮。这里的阳光充足得近于奢侈。还是喜欢四季分明的地方，冷暖交替的四季一如冷暖交织的人生，不完美，却完整。没有冬天的热带，雪是稀罕物，北国和南方因距离，成了彼此灵魂深处最朴素的向往。

文学欣赏课上，“和羞走，倚门回首，却把青梅嗅”，李清照翩翩而来。少女是三月阳春，我沉浸其中，学生听得迷离。

“啊，下雪了。”声音来自前排的大一女生。细瘦，黝黑，突出的颧骨和深陷的眼窝无一不表明，她来自南热带的某个地方。

“老师，我第一次看到下雪。”不等我回应，她起身跑到窗前，眼镜和鼻子一起贴在玻璃上，完全忽视那透骨的冰凉。女孩儿的脸色绯红，像正经受着初恋的激动。

雪姿态优美，像极了一场悄然而至的爱情。同样突如其来，同样不期而遇，同样静默无声，同样换得了最热切的欢呼和最四射的激情。还有什么比雪更像初恋呢？唯美纯白，剔透晶莹，是不掺杂质的感情。雨也纯净，但太过泛滥，不适宜代言爱情。雪的纯美，赋予情感最为广阔的空间，正如恋爱中的人无一不陶醉在想象的瑰丽光环。

女孩打开窗，任纷飞的雪花飘落在手心，一朵两朵……直至融化。沉溺在梦幻的世界，她喃喃自语："雪真的好美好美哦。"全不顾它落在地上和雨混为一片，颓然成泥。越是美好的事物越容易归于平淡沉寂，一如初恋燃烧的疯狂，甚至失恋都如同掌心化雪，寒透了皮肉直渗进骨里。还有什么比爱情更令人心怀向往目眩神迷呢？哪怕是寒彻心扉，哪怕是俯首成泥。

教室里学生们窃窃私语，那克制的压抑里分明写满了欲动的昂扬。合上课本，让李清照暂时留在花季。我示意学生们走出教室去尽情拥抱这场盛大演出。

"老师，你太好了，我们爱你！"怎会不好。我比他们更懂得：有些东西错过了便不复再来。初恋，还有这场雪。因为初恋也是一场雪事，直下到荼靡。

雪　趣

四季之中，冬最招人厌。春暖而媚，秋凉且浓，即便是火热的夏，日头毒得吓人，也能找出让人亲近留恋的理由。只有冬，风刮得紧，刀割般疼。可若冬天有了雪，便立刻呈现出另一番光景，好似相貌平平的女子因了一双顾盼的眼，流转间添了许多动人的风情。

雪是冬的灵性，冬的魂魄。

南方的冬天难得下雪，即便有也常夹了雨，少有积雪盈尺的时候。偶尔一两场雪降临，还没等回过神已是一地阳光。雪终是北方好，落地后鹅毛被似的绵厚轻软。阴冷的冬日少有人在外玩耍，唯独雪，愣是把人从温暖里生生拽出来。年少好奇，见了雪按捺不住，吆喝着往外跑，顾不得脸鼻通红，手指发木，连呵出的气蒙了眼都觉是乐趣。拍雪景，堆雪人，打雪仗，恨不能用雪捏一个我再捏一个你。曾见过雪中求爱的场景，小伙拿了玫瑰，深情牵了姑娘的手："亲爱的，你就是我的雪花。我爱你，以雪为证。"雪展了欢颜，脉脉落下。时光若能流转，想来我也定盼望如此。玫瑰太触目，一掬雪花足矣。

人到中年，方懂看雪听雨需洗净心尘，才能让红尘烟火气里透出诗情禅意。

雨天之趣在读书，在品茗，在燃香，在剪了西窗烛渺渺遐想，图一个静。雪天之趣可围炉，可饮酒，可畅谈，可循了暗香寻梅觅影，图一个动。大雪霏霏，冷极，静极，须得热闹，才衬得这雪愈发空灵清寂。

下雪时天寒地冻，有火才暖。过去炭火最好。南方人家没有暖气，家中烧水做饭用煤，方便是方便，但气味熏人，不如炭。只是炭不常有，得等到年关团聚时才会取出来。四方的木架置了铁盆，放些煤灰垫底，引了火种，再添了新炭，一盆火就生好了。黝黑的炭噼噼啵啵作响，红亮的火丝明晃晃的，盆边坐上须臾，热气从脚底冒上来，汗微透了衣衫，连心都暖将起来。

烤炭火不仅暖，而且解馋。下雪出外不便，左邻右舍串了门，围着火盆闲侃。家中每有客来时，大人们就会在炭火边放上些糍粑红薯荸荠，不一会工夫烤熟了，剥了皮往嘴里塞。儿时味蕾的记忆里全是雪天烤糍粑红薯的味道。后来不再生炭火，明火虽暖却不安全，改了电取暖器也极好，烤火桌蒙上毯子罩严实了，照旧热乎。

雪落时约上几个好友，坐而论雪。雪花纷至沓来是惬意人生，雪点激荡昂扬是快意江湖，置身其中，又似超然于外。再温上一壶酒，便觉生活不过如此。

酒可活血，可暖身，雪中饮再适合不过。白酒性烈，须得弄上点饭菜才扛得住，繁琐麻烦，不适合闲话。啤酒沁凉，烈日里是一个爽，冬天太冷。红酒浪漫，星光海风，玫瑰笑靥才相得益彰。和雪般配的是黄酒，不易挥发，最适温饮。放火上稍稍加热，或是用热水烫壶，都行，等摸着壶身不热手时倒入杯中，热气绕壁沿而上，酒香四溢。

少时读《孔乙己》，落魄的文人用茴香豆下的就是黄酒。先入为主觉得绍兴的黄酒名气大，却算不得什么琼浆，还渗着潦倒的迂腐味，更适合做炒菜的佐料。去过绍兴才知孤陋寡闻。酒其实极佳，醇似醴，甘如饴，清赛玉，色若橙。大概跟江南文风浓郁有关，黄酒的酒名大多极富意境，“花雕”“香雪”“女儿红”“状元红”……尤其“女儿红”，甚美。绍兴人家生女，会封上一坛埋在桂花树下，待出嫁之日挖出，谓之“女儿红”。如得子，望有朝一日金榜题名，就叫“状元红”。“红”字极妙，似女子眉间的一点朱砂，又似良辰花烛，云雨时分。这酒不用喝，听着就醉人。

小酒怡情，更助兴。三杯两盏下肚，口舌都分外灵光。有雅兴的，借了酒兴吟诗作对，文思泉涌，或挽了袖挥毫泼墨，癫张醉素。若没这才情也无妨，下里巴人自有寻常的乐趣。家国天下的前事今夕、红尘烟火的恩怨情仇、平凡岁月的喜怒哀乐、至爱亲朋的生老病死，都可入话，纵然只柴米油盐，也是赏心乐事。酒酣心热，乘兴再哼上一段“碧窗下轻画双娥，脸儿上粉香淡抹，小兔儿轻轻撞胸窝，面庞儿烫烫似烧灼”，巴掌声、叫好声、大笑声，直闹得脸飞桃花，眼荡春风才尽兴。

酒最好适量，若过了反会伤身，也坏了兴致。曾有一友，下雪天登门，只因觉我懂她。四人把酒侃侃而谈，一桶米酒见底，醉得恨不能掏了心窝窝。说起少年情事坎坷，直嚷着再来一杯，抱了头泪如雨下，清醒后已是隔天黄昏。前尘已云烟过眼，只落得个惆怅伤感。花开看半，酒饮微醺，还是小酌的好。对得起雪的素淡。

倘嫌这般太闹腾，想闹中寻静，雪中也有好去处。取雪或是赏梅都风雅。唐人张又新《煎茶水记》中记载，茶圣陆羽曾口授湖州刺史李季卿，列举天下宜茶之水二十处，最后一个就是雪水。《寿世青编》里也说，中医用腊月雪水解四时瘟疫毒气，还可解丹石药物之毒。若以雪水洗目，可除目赤肿痛，视物昏花，立竿见影。如以之煎茶煮粥，能止消渴，除烦热。现在少有人用此法，不知真假。

冬至后雪漫天而至，地裂冰封，便可开始取雪了。初雪晶莹剔透，集天地精华，最为适宜。梅花瓣上的积雪有股芳香，清冽扑鼻，最上。竹桂香樟等叶上的积雪香味幽微，不易察觉，次之。地上收取的雪污秽，透着泥腥，最次，几不可取。若嫌花叶上取雪麻烦，也可用干净薄膜铺垫，上面撒些桂花玫瑰菊花之类，用瓷罐瓷瓶装了，等化水后滤去花朵密封了深埋地下，待来年春暖，再取出烹茶熬粥。曾有一年兴致勃发，早早备好了瓷罐，又将楼前桂树叶仔细擦洗干净，只待雪来。直盼得秋水望穿也未谋面，终作罢，以后再未如此附庸风雅。妙玉般冰洁孤傲之人是极少数，没有梅上的无根水，照旧泡茶。南方和暖，碰上一场好雪如同偶遇一个好人，需机缘。

雪中无梅雪自冷，梅上有雪梅更香。下雪的时候一定要梅花点染，否则雪只是雪，只是白，只是凉。梅花开的时候也一定是要雪来映衬的，要不，梅只是花，只是艳，只是香。雪的欢喜便是梅花的欢喜。

雪中赏梅可算是趣中之最了。苍茫茫银装素裹中，一树或鹅黄，或绛紫，或宫粉，或萼绿，或朱红，或银白的花朵跃入眼帘，不由得你不心动。若是梅花成林更壮观，一树树各式的花朵晶莹莹，娇艳艳，半遮半掩，蔚然成河。不用靠近，香气袭人，只把口鼻缠绕得紧紧实实，挥之不散。

赏梅虽惬意，却不若寻梅。听得何处有梅树几株，疏影横斜，暗香浮动，便欣欣然觅其踪影。寻梅不见，悻悻然惶惶然，寻得后亲了芳泽，心头狂喜溢于言表，只想拥紧了这一枝清冷。素心花对素心人，从此梦中也生香。寻梅之乐南方罕有，钢筋铁骨的城市更不得见，须到了白雪厚积的北方，乡村山里僻静处，才不沦为空想。

寻梅是野趣，是偶见，是柳暗花明的意外惊喜。

爱极了梅花的风骨，疏瘦孤寒，好似白衣素颜的女子，蜕净了人间烟火。难怪林和靖隐居山中，以梅为妻，想来是读懂了这孤绝冷艳。我若有女，定不起名为梅，落寞孤独，跟冰雪终老。还是“袭人”好，有着俏生生的裙钗胭脂气，俗气却热烈真切。

雪寂无声，平和安静，自身本无喜乐，寻趣全在他处。凡俗人等身处尘世，寻常幸福不在身外，都在心中。

风　情

自然界诸多现象里，风最得青睐，“风华”“风采”“风致”“风姿”“风格”……就连“春风”也因象征和暗示，兀自暖暖地得意起来。风，占尽了天时地利，似眉眼盈盈的二八女子，全是看不厌的喜人。

以风喻人，哪一个都让人喜不自胜。疏劲苍虬的魏晋，书写竹梅的风骨。唐宋流金溢彩，挥洒诗词的风流。言念君子，温其如玉，谦谦风度。文人墨客，书画琴棋，事事风雅。回眸一笑，闭月羞花，流淌的是名花倾国两相欢的绝代风华。黛眉画妆浅，弄花熏衣香，勾勒出莺莺燕燕的风韵……但若说哪个词最妙，还得是“风情”。

风骨硬瘦，带着硌人的阳刚。风流略俗媚，透着烟花柳巷的暧昧。风度和风雅，是戏台上着了浓妆的花旦，难分雌雄。风韵风华虽好，却一头连着美人迟暮的幽怨，一头连着倾城倾国的遥不可及。不似风情，被三月柔软的手拂了，润润的，直酥到心里。风情柔媚，温润，不流俗，不张扬，不粗放，不干涩，也不寻常。有着那么股子妖，那么股子暧昧，不知觉间就被勾了魂魄，沉迷到不能自已。

形容女人味，风情一词最好。花容月貌、气质高雅、温柔贤淑、知书达理，个个都端足了架子，透着夫子气。风情二者兼备，韵味到骨子里。它有时是翩若惊鸿的芊芊细步，有时是似蹙非蹙的脉脉含情，有时是低头的温柔娇羞，有时是巫山云雨无限旖旎……撞上了，温香玉软，销魂蚀骨。

男人断不能风情，一风情便离了真实，虚幻成空。梅兰芳的花旦唱得绝妙，一亮相俊俏雍容风流婉转，羞煞台下一干真女子。落了妆依旧兰花纤指，弄不清是男生女相，还是入戏太深。美则美，却别扭。风情到自恋，张国荣是典型，一出《霸王别姬》里的程蝶衣，上演的实则是自己，斩断尘缘，离去的方式都风情。

女子风情，姿态神情各异，沉静，热烈，温润，清冷，但端的是哪种，均俏为骨，媚为髓，柔为魄。

风情的女子样貌不必沉鱼落雁，但定然不俗。青丝如雪的发，顾盼流光的眸，艳如芙蓉的面，吐气如兰的唇，削根葱的手，总会居其一。身段也不必婀娜玲珑，但绝不疲沓，绝不臃肿。风情的女子不必仪态万方，但笑靥如花，轻颦浅笑也抖落一地芳华。举手投足不必训练有素，但不矫情，不逾矩，收放自如，恰到好处。风情的女子还有点不俗的情趣。荷锄葬花太过不食烟火气，音乐舞蹈、咖啡茗茶、琴棋书画、诗词歌赋、养花种草，不用样样精通，略知一二就好。纵不能，也能看黄昏日落，赏明月清风。如这等，便是上品。

旧时女子目不斜视不苟言笑，何来风情。纵有些许，也不敢显露人前。倒是倚翠偎红的勾栏瓦肆，香脂艳粉里荡出一片片缠绵销魂的风情。

女子为娼妓，殷商已有，算得上最古老的行业之一。《华严经》说："妓，美女也"。"浴兰汤兮沐芳，华采衣兮若英。灵连蜷兮既留，烂昭昭兮未央”，屈原也为之动容，诱惑之大，可见一斑。寻常女子一心相夫教子，侍奉公婆，操持家务，难得如此精心装扮，更莫说沐浴更衣制造情趣。便是夫妻恩爱也低眉顺目，羞羞答答战战兢兢，克制了欲望一味顺从，为夫者难免兴味索然。哪比得上青楼女子，姿容婉丽，谈笑风生，举手投足柔情万种。

男人心火炽烈，女子却缓了性子放慢了节奏。三两杯小酒，卿卿我我，浓情蜜意，定要等得男人心急火燎，方才放了红罗帐，轻解衣裳，慢悠悠唱一出游龙戏凤的合欢曲。只见枕边尤物云鬓峨峨，眼含横波，冰肌玉骨，让人心旌摇荡。峰峦儿圆圆，腰身儿软软，腿杆儿纤纤，缠将上来柔如无骨，恨不能将这枝带雨梨花揉碎在胯下，直碾得玉簪儿摇落，娇喘声阵阵，“冤家啊，你怎得这般怜香惜玉”。这等老到娴熟，寻常女子不屑做也做不出。连徽宗都舍了后宫佳丽三千，微服临幸青楼，留下与李师师的风流艳史。举案齐眉相敬如宾是偕老的夫妻之道，闺阁春意男女欢好，还是孟浪些好。

要是修炼成了精，更风情。《聊斋》里的聂小倩身着白衫清丽脱俗，实则妖精。白天温文，夜间采阳补阴，轻启樱唇，男子的阳魄立时离身。这等风情，魅惑有剧毒，足以让人沉溺。难怪世间女子一边破口诅咒，心底却暗自希望，有朝一日也能修成妖精。

若道妓女只会搔首弄姿以色伺人也不尽然。《正字通》记载：“倡，倡优女乐，别作娼。”青楼女子虽卖身为业，舞乐清谈仍是主要技能。无论官妓私妓，大多利口巧舌，丝竹管弦声里广袖轻抒，莺歌曼舞。后主舞伎窅娘出身贫寒，舞姿轻盈，后立为妃嫔。据说为取悦后主，以布缠足成新月状，可以在莲间翩翩起舞，宛如蝶戏莲叶，女子裹脚习俗自此流传。唐僖宗时有翰林学士唐代孙，曾撰笔记小说《北里志》一书，记录当时长安城北平康里歌妓轶事，唐代文人狎妓之风极甚，但择妓标准首为“诙谐言谈”，次为“音律”，色为副品。

唐代妓女善诗者众多，《全唐诗》中收录的有名籍者就达二十数。众女子中，薛涛辩慧工诗，尤长七绝，有林下风致，能与白居易觥筹把盏时席纠应和，一句“惆怅庙前多少柳，春自空来斗眉长”冠盖群芳。此后历朝历代皆以妓色艺双绝为佳，不独求貌美。诗词歌赋，琴棋书画，都有精通一二者，比起只识《烈女传》的良家妇女，自是惹人百般怜惜。若罗列古代才女，怕十之八九出自烟花巷陌。如此秀外慧中善解人意，端的是人间极品。

只把风情跟女子对等是一叶障目。一座城、一棵树、一朵花、一幅画、一首歌、一句诗……只要有了柔，有了媚，有了润，都风情。

最不解“西北风情”“大漠风情”“高原风情”“塞外风情”之类的搭配，苍茫荒凉寥廓的气质跟风情毫不沾边，“风光”“风貌”“风景”才协调。关西大汉拿了红牙板，怎么看都是笑话，还是该执铁琵琶。椰风榈棕的海边，绵渺幽深的小镇，古朴典雅的老城，才嗅得到风情。

爱上一座城是因为恋上一个人，不尽然。喜欢一个地方，有时就是它的韵致和气度契合了自己，只觉得亲近，只觉得默契。

江南，就有这样的魔力。半壕春水一城花，烟雨暗千家。江南雨、江南月、江南风……江南的一切，因淌过西施浣纱的水，都是情。

江南的雨细腻伤感，最适合别离。长亭折柳，执手相看，点点滴滴裹了一川烟草，满城风絮。

江南的月清亮皎洁，最适合相思。似银盘，如玉钩，年年岁岁何相似，圆缺几时休。这头是素娥碧海青天后悔意，那头是两处相思一种闲愁，天上人间共悠悠。

江南的风温婉缠绵，最适合回忆。去年柴门里，桃花面容不知去往了何处，只留下春风徒惆怅，明年花更好，不知与谁同。

江南酒绵甜醇厚，春风巷里夜醉卧，小桥东边晓寻香，最适合解忧。

江南柳、江南草，婀娜娇柔，青碧如丝，最适合想象。江南竹，纤瘦脱尘，最适合自喻。江南燕，曾入绮堂，最让人警醒。

但最妖娆的还是水。雨霁高烟收素练，一江烟水照晴岚，雨时是写意，淡墨素雅；晴时是工笔，浓墨重彩。水，是这幅画上点睛的一笔，活色生香，让你甘心情愿沉溺，做水底的丝草。再迷人的女子若没了剪水的秋瞳，也失色。

柔情的江南像极了清秀端丽的女子。杭州是纤手里轻拈的素绸湖帕，南京是半敞薄衫里描金肚兜，苏州是云鬓上斜插的青玉步摇，绍兴是随手簪在发间的淡雅茉莉。

张生和莺莺借了一方手帕，暗传情愫，《西厢记》的故事启发了无数男女。湖帕带着温度和体香，就像握着心上人细腻柔滑的手。杭州像湖帕，乍看去典雅、素净，带着几分清冷。只有拿在手里，细细把玩，慢慢品味，才能领略它柔顺的风情。西湖是越女浣纱时不经意从袖间遗落下的帕，数千年来被无数痴男怨女故意落下，又拾起，成就了多少情意，风月无边。

南京是秦淮八艳鲜红肚兜上的金丝鸳鸯，一见惊艳。夫子庙里的风声雨声读书声，声声难入耳，倒是近旁粉楼画舫里的莺声燕语，浪笑娇嗔，穿透了礼教的壁垒森墙，勾走了多少文人士子的求学心。秦淮河里四处流淌着烟花酒，氤氲着脂粉香，哪怕是如今林花谢了春红，依旧掩不住犹存的风韵。

苏州是女子鬓边的步摇，静若处子，摇动生姿。步摇若是用了金银，富贵的很，也俗气的很。苏州是雕琢过的青玉，典雅、温婉、古朴，耐得住时光流转，越老越光泽，越老越回味。园林精巧，恰如步摇上流坠的穗，点缀得云鬓胜雪，娇颜如花。

最温暖的莫过发间茉莉了，隐隐地散发着清香，只有靠近才能看清那一抹小巧。绍兴就如此，不名贵，却贴心。阡陌巷里四处可见，若是喜欢，任谁都可以采了插在发上，亲近得没有距离。布衣荆钗朴素，但清水芙蓉的素淡里自有不雕琢的风致。就连扬州，也是美人的点绛唇，不仅能吐气如兰对月吹箫，也能把一碗豆腐吹出绵绵文思来。

江南，水浸润着的地方，处处钟灵，处处诗画，处处精致，处处多情。苏东坡最懂江南，浓妆淡抹总相宜，像懂心爱的女子。

女子说话轻柔甜润方才动人。走过许多地方，听过许多方言，一方水土养一方人，连说话唱戏也都各有各的音，南腔北调。

北京话周正，四平八稳，浸着八旗遗老的神气。西北话古朴厚重，背负了几千年的历史，调子往下降，怎么听都不轻松。四川话顿挫，接地气，脆生生，有股子葱爆猪肚的韧劲。湖南人嗜辣，性烈刚猛，说话像吵架，语调里都透着火气。至于广东福建话太过高古，全然不懂，如在鼓浪屿上遥望金门岛，全是惆怅了。

江南话最典雅，最女人。

吴侬软语。这个“软”字用得极妥，每听到都会想起用甜酒煮过的汤圆。定得是细雨和风的江南，才能滋润得吴语美人般温香玉软。

醉里吴音相媚好，苏州话是代表。苏州话不好懂，却好听。特别是苏州女子说话，樱唇里一个一个字往外吐，缓缓悠悠。就算不懂说的是什么，单那妩媚的神情，委婉的韵致，悠扬的语调，听着就觉暖风拂面，醉人。

若是将这绵甜的江南话谱了曲唱出来，就更媚。北方戏激越，秦腔、豫剧、西皮、二黄、大鼓、梆子戏都带着黄土地的苍劲，高昂慷慨，定得要“谁说女子不如男，哎哎哎哎哟”地吼上一嗓子才痛快。花鼓戏淳朴俚俗明快直白，“顾大姐你是我的妻，海哥哥你是我的夫”，乡土气浓得化不开。黄梅戏影响大，生活气息浓，虽有了文人精工润色，却依旧像抹了脂粉穿了绫罗的农村姑娘，还是土。粤剧善演男女私情，红船遍布南洋，也脱不了皮黄的老底。江南自古风流，曲里多是才子佳人的浪漫缠绵。京剧博采众长，韵味醇和，单就风情而言，也无法跟越剧、昆曲、评弹相若。

昆腔辞藻华美抒情扮相艳丽，百戏之母，可惜日渐式微风光不再。名角少，曲目旧，端的是美人迟暮，少有人问津。白先勇曾改编青春版的《牡丹亭》轰动一时，却没法重振昆腔雄风，真是“良辰美景奈何天”的无奈。昆曲黯然退场，风光不再。

前些年在苏州留园听评弹。园不大，精致，看似不经意，实则讲究得很。荷花零星点缀，符合文人散淡的气质。湖心一亭，两个怀抱琵琶的女子身着旗袍，一白一绿。这是评弹最常见的双挡，有和声混声，类似双人唱。唱词自然还是不懂，但声音细柔绵甜，曲调婉转。捧一杯碧螺春，听莺歌燕语，赏美景佳人，惬意不过如此。

评弹算不得戏。真正风情的，还是越剧。

与越剧结缘于小提琴协奏曲《梁祝》，第一次听就被吸引。后得知《梁祝》的主旋律脱胎越剧，从此痴迷。说也奇怪，京剧早期都是男班，一群老爷们男扮女装在台上咿咿呀呀地唱。越剧恰好相反，女班登台，即便是女汉子，一亮相也叫一个俊俏，怎么看怎么好。腰身那个柔，眼波那个媚，才是风月无边。听戏不若听歌。听歌是多多益善，听戏却常只认准那一出那个角。

最喜欢青衣，有种银碗里盛雪的干净，不夺目，却韵味。

年轻时喜欢花旦，天真烂漫的妙龄女子穿红着绿，机敏活泼，伶伶俐俐，像蝴蝶招摇。上了年岁才觉得青衣好，岁月沉淀下的静，举手投足一颦一笑都是内敛的成熟风韵。不会刺拉拉忽闪闪地盯着人看，但那琉琉璃璃的眼风带着去时陌上花似锦的轻愁，更能穿透人心。旗袍美在紧裹了凸凹有致的曲线，妖娆，青衣只一袭宽松的长衫，娉娉婷婷，雾里看花的朦胧，留着白供人遐想。

风情是天上月，无须卖弄光芒自在，随时包围着你。

张爱玲不喜素净，浓艳夸张，“你尽有苍绿”凉意蚀骨，绿得不是枝上柳，倒像地上苔了。对白色也抵触，说起玉兰花，“邋里邋遢的一年开到头，像用过的白手帕，又脏又没用。”她心里苍凉，少有阳光温暖的照射，自然不喜素雅。素净的美没有侵犯性，亲近舒服。

台上青衣悠悠地唱，《白蛇传》最后一折《祭塔》。青衣白衣黑发，如泣如诉。台下声泪俱下，肝肠寸断。看着看着，像看见自己。青衣浓墨重彩投入地唱，精致的妆容终有卸落之时，戏如人生。台下的我略施粉黛，身心奔波，再庸碌的生活也要咀嚼出如花美丽，因为人生如戏。

竹椅上的城市

对成都，我有种说不清的情感。幼时随父母在四川生活了六年，人生第一张照片就在成都的照相馆里拍的。巴山蜀水的影响至今说不清楚，但成都二字，入耳便有天然的亲切。

我有些念旧。许是置身飞速变化的时代，对那些透着时光背影的东西反而能产生一种新奇感。散发着历史浓郁味道的城市不在少数，北京、西安、南京、杭州……真要道来，三天三夜也数不完。就连我蜗居的小城永州，也留着公元前124年修建的城楼。这些斑驳的岁月旧迹是城市的眼睛，如历经沧桑的人，容颜更改后直击灵魂的还是那双眼。

成都也是带着个性标签的地方。倘说中国是个大宅院，北京是井然有序高悬在正堂上的严正匾额；西安是堂前沉稳的檀木方案；江南是温柔的东厢，南京是销魂的罗帐，杭州是床前的琵琶；成都则是天井里被磨得泛黄的竹藤椅。

正堂里待久了，难免毕恭毕敬地正襟危坐，这一干房舍，我为大，自添了不少舍我其谁的优越。东厢也不轻松，珠帘玉箪，温香酥软，小扇轻摇，讲究的也是一个情调。阳春白雪固然好，可就是没下里巴人坐在竹椅上自在。天府之国气候湿润，物产颇丰，百姓少了劳作的辛苦，自然多了闲散的自得和满足。竹椅上一靠，喝喝茶，侃侃大山、搓搓麻将、吃吃火锅，天大的事也都放在脑后。

这乐天知命的闲淡在喝茶上体现得最直观。

中国人爱茶，开门七件事最后一件就是茶。成都的茶叶和茶具算不上名贵，但茶文化的深厚和普及是一绝。大街小巷闹市僻壤，茶馆星罗，有人烟处随处可见。茶馆大多以竹木为棚、为椅、为桌，花草点缀其间，自然天成。露天茶棚最妙，每当轻风微起，棚外树影摇曳，花枝若离，泡上杯茶，甚为惬意。

成都饮茶，最常见的就是盖碗泡茉莉花茶。左手托茶沿，右手提碗盖，碗面半沉水中，由里向外慢慢滑动。碗面到处花白叶翠，翻转沉浮煞是好看。将茶碗送到嘴边轻轻吹开水面浮沫徐徐饮入，稍做停顿，茶水于舌间回荡。如此分三次吞下，口中余香缭绕，耳畔咕咕有声。若有茶博士斟茶更妙。茶博士离桌数米，斟茶时将一个盖碗“扑”的一声丢到面前，提铜壶从一尺多高处往碗里倒下沸水，白雾缭绕翻腾有声。茶馆里唱曲声、吆喝声、水入碗声、啧啧惊叹声、谈笑声、争执声，一幅鲜活的市井俚俗画。携家带口或是约二三好友馆中小坐，看报、听曲、摆上半天龙门阵，便是人生至乐。

倘要问这把竹椅最令人舒心的地方在哪？回答是肯定的：宽窄巷子。

宽窄巷子不是一条巷子，是三条，由宽巷子、窄巷子、井巷子平行组成的老城市群落，300年前康熙平定准噶尔部遗留成都的兵丁所建的“少城”，也是成都记忆深处的符号。当炊烟渐起，夕阳的余晖轻洒，垂髫的老人在老茶馆门口安详地喝茶，白猫睁着惺忪的眼，懒懒地蜷缩在石门头下打盹。

梧桐投下斑驳的影，在红漆铜环的木扇门上错落成摇曳的画面，树上挂着一对画眉，清脆的鸣叫划破停驻的时光，拉回飘摇在时空之外的思绪……

如果把宽窄巷子仅想象成素颜布衣的沏茶女子，回眸处淡淡的风情，那就错了。华灯初上的井巷子霓虹灯闪烁，散发着浓郁的现代气息。这里的夜晚最开放、最多元、最动感，酒吧、画院、餐馆、咖啡屋，在古意悠扬的绵长巷子里创造着自由的快乐，像时尚的女郎伴随着强劲的乐曲尽情舞动，舒展目眩神迷的活力。

“走进宽宽的窄巷子，你唱着老四川的歌谣……”李进的歌声在巷子上空回荡，几多追忆，几多向往。短短的宽窄巷子承载着成都太多的历史印痕与未来的梦想，令人遥想。“卜肆垂帘新雨霁，酒垆眠客乱花飞。余生得至成都去，肯为妻儿一洒衣。”金圣叹是成都的知己，要不也不会把成都比成“离开了还想再来的地方”。张艺谋也是懂成都的，若非如此，又怎会说“成都是一座来了就不想离开的城市。”我不知道自己是否懂它，走进成都就像走进了自己家。

赠人以茶，心有余香

人多宜酒，喝的是热闹，人少宜茶，饮的是清静。心静才能于繁杂处寻细微变化，于茶水沉浮中悟简单人生。

人若多，众口难调不说，难逃杯空茶凉之时，哪还顾得上细细品味，只担心莫失了礼数。且人多，耳畔难免嘈杂鼓噪，多高谈阔论，难有推心置腹的秉烛之谈。

喝茶的最高境界是与竹影花香为伴，邀明月清风同品。很多夜晚独坐案前，反复体验茶跟水温、时间、茶具的微妙关系，满足于每一次小小的改变。茶教会我用慢和静对待时间和生活。

清静久了，也生出对热闹的向往。邀了朋友小聚，一群人围案而坐，天南地北家长里短。好在无人在意茶的好坏，还有那些郑重其事的程序和仪式感。若是疏忽未及续杯，自己倒便是，自在得很。多年未见的同学回乡，心并未因时空隔阻而疏远，依旧亲近熟悉。同学返程，寄来紫泥四方壶一把，此份用心，温暖且感动。蓦然明白，茶之于人，最大的奉献不是口感的愉悦，也不是心境的提升，而是分享的快乐。

赠人以茶，心有余香。

古意画中来

“入画”二字听着雅，实则有些媚，命名女子风情旖旎，命名紫砂壶似乎不太适合。

“方非一式，圆无一相”，存世器皿中紫砂可谓造型最丰富，制式最广博。温润如君子，豪迈如丈夫，风流如文人，飘逸如仙子，秀丽如家人，朴讷如智者。但在行家眼中，还是古拙者最佳。茶道平和脱俗，紫砂壶自也追求返璞归真的意境，古朴为上。

我却偏觉“入画”极适合家中一把绿泥西施壶。豆绿的壶身绘墨色雀上梅梢，浓妆淡抹地相宜。

壶上金石不知起于何时，有文字可考自明代蔡司霑的《茅园丛话》一书始。蔡司霑曾得一壶，为元末高士孙道明遗物，上书“且吃茶、清隐”五字草书，为紫砂刻画先河。至嘉靖年间，紫砂制壶大师陈源寿将书法篆刻投入壶上，设计曼生十八式，集“造型、文学、绘画、书法、篆刻”一体，流芳后世。紫砂自此脱离匠气，登大雅之堂。世界丰富，相辅相成相得益彰是大功力，大精彩，大智慧。

古拙可有诗，亦可有画。古拙入眼入心，就是诗，是画。

只恋红尘一炷香

宋代吴自牧《梦粱录》中写道："烧香点茶、挂画插花，四般闲事，不宜累家。"记录的是宋朝君子四雅，讲究居所的精致之极。

但凡追求居所精致的地方，对食物以及同生活相关联的事物也有着同样极致的要求，这不仅是物质富庶的必然，也是精神向往外化的形式，当物质的意义到达顶点，别的意义便会自然而然的显现。四般雅事香为首，足见香道地位之高。

古人最初因芳香之气可以上通神明，用来供佛敬神。"解脱知见香"，佛家就常以香比喻证悟自性后待人接物的圆融。见性之人，"抡刀上阵，亦得见之"，纵身处最危急之地也不会迷昧本心，何况是小小一方香炉茶台。佛门与香千丝万缕，结缘甚深。除作日常供奉外，更借香修炼心性，悟入禅理。

佛教流行后，上流社会学此法以为养生良方，文人雅士更是视为修身养性激发灵感之道。轻烟一缕，让人暂时从倦怠中解脱，精神飞升于空灵际，写诗作画抚琴论道，必有香为伴，如美女在侧，倍感精神。东坡就是香道高手。"万卷明窗小字，眼花只有斑斓；一炷香消火冷，半生身老心闲。"

焚香不在话下，制香也堪称行家。据说，他曾采集正月梅花上干净的积雪，化水调配各种名贵香料，制成合香“雪中春信”，名噪一时。

喝茶风雅，更少不了与香为伴。暗香浮动，若隐若现，让人心平气静，还添了几多遐思。对很多人来说，有茶无香，或是有香无茶，都是憾事。“品茶最是清事，若无好香在炉，遂乏一段幽趣。焚香雅有逸韵，若无名茶浮碗，终少一番胜缘，是故，茶香两相为用，缺一不可，飨清福者能有几人哉。”明朝徐勃的一段话可谓知音之说，最得茶香合一的精髓。

自学习茶道，也按图索骥买回香炉香料，熏香闻香。烟气缭绕，于香炉中顺佛合十的掌中袅袅升起弥散空中，顿觉现世安稳莫过如此。知此事，有好意提醒者：“现在香料化学成分多，注意通风远离。”也有不以为然者：“闲得无聊，附庸风雅。”一笑置之。我本风雅，何惧旁人言我浮华。

李清照的香炉

家有香炉，生铁所制，形如狻猊。龙生九子各有不同，其中一子名狻猊，形如狮，喜烟好坐，多出现在香炉上。说是狻猊，其实就是老百姓口中的狮子。民间传闻，狮乃猛兽，不宜摆放家中，叫狻猊便没这顾忌，是瑞兽。若再雅称“金猊”，更是添了贵气，还有几分香艳。

每见炉中香雾缭绕便心生好奇，李清照“薄雾浓云愁永昼，瑞脑消金兽”句里是什么香。我非行家，权做推测。

沉香自古称香中之王，今时今日更是贵如黄金。沉香是佛道至爱，闺房用似过于郑重。檀香历来也是佛门圣供，香气虽清幽，却不免略显老气沉闷，与年轻女子的浪漫多有相悖。

动物香料里麝香和龙涎最为常见。麝香取自雄麝鹿囊腺，香气浓郁，在皮肤上留香尤为持久，却活血破淤，女子若孕中接触较多易引发流产。昔年赵飞燕为争宠，将指甲盖大小的麝香置于肚脐，浑身异香，却致终生未孕。易安博学，想必对这典故如数家珍，自然不会轻用。不过易安膝下也无子女，不仅妄自猜测或与此有关。龙涎最特别，有麝香之热烈，又有花香之幽微。若做合香，滴入水里能于水面形成薄膜，能聚烟气，如翠烟浮空结而不散，其景恰如词中“薄雾浓云”。

想来易安炉中有龙涎一物。

宋代香道兴盛，所著之书众多。书中丁香最常见，仅《圣济总录》里以木香和丁香为散丸的方剂就多达上百条。丁香味辛，头香挥发极快，提神醒脑，尾香则有如花香般清甜，与辛味混合给人温暖之感。合香时少量使用，可行气温中，开窍散寒。易安夫妻长久分居，只能寄相思于诗词记忆，难免思虑过度，费神伤脑。丁香开九窍，舒郁气，可解深闺寂寞长夜漫漫之苦。且丁香意喻爱情，“青鸟不解云外恨，丁香空结雨中愁”，缠绵悱恻，正符合易安多愁心性。

以此推断，金猊香冷处亦有丁香。

香料数量众多，合香种类就更不在话下，仅凭几句诗词自是难以论断。香道奇妙，乐在香中，也在其外。捧香茗于手，只觉香氛更加灵动，恍入芝兰之室，神仙洞府。

天青色等烟雨，而我在等你

因想象中天青色的烟雨迷离，许下一个愿望：拥有一套汝窑茶具。等到手，像经历了四月烟雨，心情瞬间湿透。天青色虽雅致，却并不适合欣赏茶汤，无论什么茶，都会被青绿的底色衬得发暗，失去原有的美感。只有白开水适合这里，现实不会因想象而插上翅膀。

杯终究整齐列在博古架上。壶正好，大小适宜。可惜没用多久，一次擦拭茶壶，壶盖不小心滚落，砸出一个大大的豁口，只好忍痛舍弃。虽不能泡茶，养花极好。放少许塘泥，插上一二绿萝或是铜钱草，再铺上细砂石，放于茶盘上，美极。

然汝窑终是心中难灭的情结，那些细密不规则的开片像美人鱼梦里的海岸线。重置了把月白色石瓢壶，器型小，线条也秀气了许多，专用泡红茶。虽然高敞的茶壶更适合红茶，不易焖坏，但我偏爱红色茶液在开片线里缓慢延展，是茶清寂无声的世界里最夺目的宣言。

时间悄然过去，壶身开片的裂纹里透出暗沉的红来，如生命浴火涅槃。

一场暗恋

暗恋所以难忘，在于过程煎熬。鼓足勇气给思慕许久的人儿寄出一封信，于等待中愁肠百结，惴惴不安。回信迟迟而来，展开一看，上面醒目写着“谢谢，我不爱你”。先是锥心刺骨，继而失落迷惘，待时过境迁回头一看，想起那时的羞涩悸动不觉莞尔，终释然。

那盏豆青粉彩卧足杯于我，恰似一场暗恋。

看了几本有关瓷器的书，跃跃欲试，对于美好的东西，我天性就有股子想拥有的冲动。收藏是奢侈的爱好，需要的不仅是经验和知识。思忖良久，觉得茶杯较好上手，终究是小件。成化斗彩鸡缸杯之类的绝世珍品买不起，但民国后的茶杯价钱不贵，一两只还能承受。

人总归有些不出于实用的爱好。

出手的结果，一片春心付流水。虽是赝品，却漂亮得毋庸置疑，我得以日日用它泡茶的亲近。若是真家伙，还不得小心收藏。只要在家，冲上一壶，悠然自得。一个假玩意，教我什么是真：真自在，真放下，真拿起。

茶杯里的世界史

博古架上有几只茶杯和别的很不一样。柴烧的外表粗粝黝黑，像未经雕琢的原石，但内里惊艳，梅子青的内壁精心勾勒着一朵荷花，娇艳欲滴。这是中国茶道和日本茶道交融的产物，血统特别。

日本茶道程序烦琐，仪式隆重，保留了很多古韵唐风，茶具却吸纳日本传统的独特美学：诧寂，摈弃繁琐雕饰，追求自然朴素的形态。好比一个女子，纵然裙裾上玫瑰纹样堆积，但让人怦然的还是发髻上斜插的素白茉莉。相比之下，国内的茶道更像是表演，用“茶艺”或许更贴切些。

茶道千年，兼收并蓄，在传承和发展中一路走来。“静、清、寂、和”的内核不变，丰富的是表现形式。黝黑粗陋的外坯配以细腻如玉的青瓷内壁，不生硬，不违和，构成东方人独有的冲淡意境。

一片茶叶记录了地球生物的进化，世界文明的冲突，历史曾因之改变。如今那些对抗的历史，不同的文化，在一个茶杯中安静交融。

自在杯中鱼

没有什么图案比鱼更适合茶杯了。

与山水花鸟鱼虫为伴，是中国人心目中的理想田园。即便身处城市与自然渐远，也仿其形制，大到园林屋舍，小至假山盆景，纵是案头也要挂些丹青以慰情怀。花容月貌，冰清玉洁……中国的人文里处处有自然。中国的自然呢，也心心念念顾盼中国的人。二十四桥的明月夜，月上柳梢头的人约黄昏后……到处缠缠绵绵，恩恩怨怨，人文的情节在自然景致里一点一滴流泻出来。

“鱼”“余”谐音，是富足的象征，也是留有余地的警示。若画的是鲤鱼，便还有“鲤鱼跳龙门”的吉祥寓意。中国人的含蓄从来不止步于自然和情感，对于身边的一切事物都习惯赋予丰富深刻的含义。

日中则移，月满则亏，水满则溢，人满则骄，中国人时刻不忘谨慎。茶礼中就有茶杯不能倒得过满，满则欺客的说法。茶水热烫，太满不便端杯，七八分就好。若是斟满便是暗示客人不受待见，可以自请离席了。也有一说，客人在别家喝茶不能一饮而尽，杯底要稍留些茶汤，否则就是责怪主人怠慢，没有及时上茶以致口渴。杯上若有几条鱼，则可时时提醒主客双方喝茶时要留有余地，恰到好处。

生命是杯，生活是鱼，也要自在智慧，如这般。

第四辑

被我
熬老了的时间

今天是余生中的第一天
今天是未来开始的第一天

在等一场雪时变老了

雪动静很大。动静的意思是：雪落的声音，还有等雪的心情。

除了雪，还有孩子的叫声。他们不会像我这样，比一场雪还克制，还冷。温度越低，他们越是沸腾。雪花是星星被冻住后坠落的梦。大约只有孩子，心才装得下世界，装得下沉甸甸的梦。

我的心里没有那些雪。我的心连在因寒冷而疼痛的腰上，连在被冻住的水管和汽车发动机上。我老了。很多年前就不由分说地老了。雪落在脸上，赶紧掸去的老了。

“你再不来，我就要下雪了。”一个人说。

我是在等一场雪中变老的。再也回不到一场雪了。

谁把谁的日子过了

一个男生在我对面，头一直垂着，低得要扎进土里，一棵被心事压弯的树。

他旁边的枫叶很好，尤其在别的树都秃了的时候。好和不好都需要一个合适的参照物，譬如此时的我和他，他和一棵树。

树脱光了叶子，也就脱掉了成年累月的心事，没有挂碍地坦诚着。这棵枫树红得浓郁，心事重重的。

他一直看地，不看我。我一直看着他，随他看不看我。我俩都不看树。

我和他和树挨得很近，但走在三条不同的路上，停在三个世界里。

一个人的路不想别人来走，但又常忍不住，走着走着，走到别人的路上去。自己过着别人的日子。自己的日子被别人过了。

熬老了的时间

城市森林里的老房子是一出生满脸褶皱的老侏儒。附近的高楼都浑身光鲜，噌噌地向上蹿。好些地方，时间都不是线性的，这些房子拖着时间朝后走，它们拖住了时间。

被拖住的时间在水里。时间在春天里举起手，把水线往岸上抬。冬天冷，手瑟瑟地缩回来，水线便低了。时间在一个水塘里一年一年来回打圈，怎么也走不出去。时间就这样被熬老了。

时间在塘边发黄的茅草上走。在竹叶上走。在水边的石块上走。在空地上的风声里走。时间走得很慢，不想那么快就把他们熬老了。老了，没了，明年来的就是新的一拨。今年的游戏明年还要重复，已经够单调了，要留住他们。不然，有些会被遗漏。时间会忘了时间。

在那些被遗漏的时间里，时间向前走着。

身体里有许多冬天

天灰蒙蒙的，一大张做旧的胶片。阳光穿不过来，但我知道它在。草梗到处裸露，硬扎扎的。这些草太阳晒不死，火烧不死，锄头锄不死，除草剂喷不死，冬天打个呼哨就把它们修理完了。

我也有草地，在心中。青过，黄过……春一下秋一下，时间在上面来来回回走。没有哪个季节停下脚仔细打理过它。现在，它和那块草地一样荒着。

不用记着冬天什么时候来，什么时候走。这两块草地会帮我记着。也不用知道它们最初的样子。那么多的时间和人都从上面经过，有的无意中丢下些什么，有的带走些什么。每年，它都和去年不一样，和明年也不相同，只要知道有些已经死了，有些还一直在生长着。

阳光晒着草地，晒着我的背。我的背是我的手够不着的地方，阳光可以替我做。用它细长的手指掸去些时间丢在那里的东西。时间喜欢把不想带走的东西扔给别人。四十多年，我已经背负了好些。

数不清时间丢给我多少冬天。有一年，它接连扔过来好些冬天，全都扔在我的背上和心里。它知道这两处地方人的手够不着，就像一个人无法碰触自己的一生。那年特别冷，棉衣穿着，风也四面八方灌进来。后来晒了一夏又一夏的太阳，心里的那片草地也没绿起来。

一个人的身体装得下许多冬天。有时候，一天比无数个冬天加起来还长，还冷。好多冬天盘踞在我身体里。它们有时睡得很沉，有时醒了，出去遛个弯再回来。它们太熟悉回来的路，忘了自己只是客人，把这当成家了。我赶不走它们了。

转过身，面对阳光。想让阳光认识我的脸。晒得多了，阳光记住了我的脸，也许会住下来。

一件事通向所有的事

冬天赤裸着。天是裸的，树是裸的，河床也裸着。别的东西长着长着就裸了。人不一样。人一生出来是裸的，长着长着就长出些别的，一层一层厚厚裹着。

冬天没啥好看，一望无际荒凉着，通透得很。人就算赤裸也看不透。穿在身上的那些东西好像总也脱不完。看不透的人是看不完的景，总在变。

坐着的人和走着的人不一样。人坐着，手脚都不动，只动嘴，说出来的话悬在半空上。只有站起来，嘴边的话才啪啪地落到地上。躺着的人，嘴和手脚都安静了，心思在动，一个梦接一个梦把夜晚都挤满了。有些梦地上挤不下被挤到天上，生气得很，一闪一闪。

冬天里一个人走，觉得自己也是裸的。有人钓鱼，这样的天气不像是为了鱼。冬天的鱼都沉在水底，一动不动，也是裸的。

“冬天能钓到鱼吗?”

“不常钓到。总会有的。”

“总会有的”，不止钓鱼，好多事都这样。好多事做到最后都是一件事。好多路走到最后都通向一条路。好多人走到最后，都走到一起。

我把运气等没了

一阵雨下来。十二月的天气，阳光是稀罕物。打了伞，还是有些落在衣上。胸前一片湿。这块地方有雨无雨，一年四季潮着。人一辈子的光景，常只有一个四月，其余的都是十二月。

路边等人。细细的线，从伞面往下淌，打在脚边的三叶草上。密密的一堆，绿得暗沤沤的。据说若能找出四片叶子的一棵就找到了好运气。

翻了个遍……早该知是没有的。一个月没出太阳了，这堆草若真藏着运气，阳光早来了。运气若那样容易得，还能叫运气？

人没来，运气没来，一些别的来了。常常这样，要等的不来，来的没打算等。一辈子等着等着就没了。

在月光里走了亿万年

月亮像隔了玻璃。天上没有云，却看不真切，那光从亿万年前穿过来。

月下有跳舞的人、散步的人、偎在一起说话的人。他们的时间在脚下，在手里，在语气里向前走。亿万年前的月光照不到他们。这样的月光是我一个人的。

想起小时过年。零时没到，早早跑到楼下，总觉得自家的年比别家的年来得早些——鞭炮老早备好了，火柴捏在手里，怎会晚？每回都这样，每回都比别家晚。火柴划不着，鞭炮纸受了潮，引线也长，窸窸窣窣地闪，熄了。等终于点着了，别家的鞭早就噼里啪啦地响过去了。年还是年，却觉得早过完了样——迟一秒，那快乐就弱了。

这个夜晚，我早早地吃完饭，早早出门，只为早些遇见月亮。月光对第一个看见它的人总会偏心些。但照着我的是亿万年前的月光，今夜的月光呢，照在谁身上？

抬起头，月光迎上来。我也像走了亿万年，满身风尘。

散步是一个人的狂欢

真正能一个人进行的事不多，散步是之一。看书写作都不是一个人的游戏。跟看得见看不见的人在对话，时时还要呐喊几声，挣扎几下，不动声色地搏斗。

害怕时时跟人搅在一起，只要有人就没有不比的。比和被比都不自觉，都无奈。生命是一场又一场的较量。

爱上一个人。生命在五个字的缝隙里寻找落脚之处，不停折腾。年轻时爱上一个人，刻骨铭心的。初恋总是枉然。也还会再爱，但还是觉得不如上一个人好，失去的才是最好的。再后来，明白很多路只能一个人走，只能爱上一个人了。

这与孤独无关。喜欢孤独的，只有上帝和野兽。有人要享受“孤独”，他们的“孤独”是披在肩上的外套。孤独是身上溃疡的皮，只能忍受。

两个人走，更多人走，心灵和身体谁指挥谁，说不清。一个人走，身体和心灵各有进行，各有目的和演绎，各自狂欢。

生活家

我时常被人叫作“作家”。世上有许多的“家”，科学家、艺术家、哲学家……各家有各家的动静，各家有各家的声响。一座山，咬了牙，心无旁骛往前挪一点，往上再攀一点，终到山顶。这样忘我执着，真像场殉情，为科学殉情，为艺术殉情，终于成家。没听说过生活家。

生活，日日的不离和依恋，竟没有。太细碎？太广阔？还是早已殉了情，生活却冷眼不语，终于灰了，和生活翻了脸，关山冷月两相负了。

路上一群群人走过，星一样，星座一样。脚步，声音，脸上，都藏了悲欢。星的悲欢，星座的悲欢。那些悲欢故意偶遇我，可以漠然从悲欢旁走过，可以凝视着从悲欢里走过。做不做解读悲欢的故事家，选择在我。这让我有小小的权威，小的自由，大的欢喜。

“儿子毕业了吧？”遇见两颗星。哪个星系？想不起，大约是流星。我也是流星，不在她们的星图里。

“去年毕业了。”

“哦，这么快，我女儿今年也毕业了。我们都老了。”她重新看我。有星游离在版图外，她有着隐约不安。我也是。

“你看着好年轻，儿子就大学毕业了，说出来都没人信。”另一颗流星话好，笑得也好。我重新看这另一颗，此后她是恒星。

第一颗流星说的是真话，真话不讨喜。第二颗说的是人情，人情曲折隐晦。生活家，大约是在真话和人情中游刃有余。难怪没有。

为几个不认识的字活着

门外有两棵法桐，“左边那棵”，“右边那棵”，每个人都这样说。冬天树叶落下，落了一地陈年往事。有几片叶枯黄地挂在枝头，风吹不落它，雨打不掉它。一棵树上总有些老叶子，要看见来年的新叶才肯落下。

两棵树比我年纪大。它们经历过我没经历的变迁，年轮里装满了故事。那些树叶更不用说了，覆盖了的身下一小片土地，改变阳光的强度，改变风和雨水的走向，改变种子发芽的时间，改变季节的去留，小小地改变身边的一切。

树和树叶都没有名字。

我分不清那些叶子，虽然世间没有两片相同的树叶。树也分不清。树只是任由那些叶子从它身体上长出来，又离开。树不会给它们起名字。

世间好多东西都比人出现得早，也活得长，它们不在意有没有名字。只有人在乎那几个字。人给所有事物起名字，也给自己起名字。人不能没有名字，没有名字的是东西。人把名字等同于自己，甚至远远大于自己。没名字的为活着本身而活，人有名字，为名字活。活着活着，名字就不再是简单的几个字，附上了些别的。

人穿衣服一样把名字穿在身上，帽子一样顶在头上。一个人的一生是蜡烛，名字是烛芯，喊一次点亮一支。一生是镜子，喊一次就擦拭了一次，光亮了一次。要是长久没人喊，烛芯朽了，镜子落满灰蒙了尘，就什么都点不亮照不见了。人不愿意这样。

起先那些年，大家都叫我“乐虹”。挺好的两个字，花一样，琴声一样。过了些年月，我新添了好些名字：“教授”“主席”“作家”“美女”……原来的名字没人喊了。那两个字渐渐黯淡，花般萎顿，钢琴失去音准。我不知道哪个新名字是真的我，我看着它们都很陌生。或许，那些名字都不是我。

一棵树上落下的叶子，终将以不同的方式重回到它身上。人能抖落的，只有身上的尘土和攒下的一辈子。人不会像树那样不停生长，不会比树活得更久。人的离开也不会比一片叶的落下发出更大的声响。一个人的去来，和一粒尘土的扬起和落下一样大小。

时间不会为几个字花费更多精力。人把一生都耗在几个字上。

人生不如一条水渠

计划都不快乐，完成了只有满足。目标多了，一个个地赶，沉重得很，匆忙得很。预料之外的偶遇最动人。是喜欢的人从对面蓦然行来，相视莞尔，停了脚步姗姗靠过去，牵了手厮磨一番，身边有茉莉隐隐绰绰，香了一整天。

杉木桥村胡家院子，冲着中国传统村落去的。传统某些时候意味着破败，远不如想象得好。但这次失落了，下一次还是会期待。人都是因为期待才活得下去，一辈子那样长，那样苦。

院后的渠极好。一条水隔开了相邻的两个村，却还是这里那里紧挨着。头顶的一片云相同着，两边炊烟纠缠着，风从这边吹向那边，又掉了头重新吹回来……隔了小径的恋人手牵不着，眼神却是脉脉的。心一下子就春了。喜欢玩躲猫猫的人，遇上的不是失落就是惊喜。快乐，常来得有点偶然。

世界不大，常就是两只眼，一颗心。最远的地平线是眼皮，最大的疆域装在心里。于是志满踌躇了，以为装下了一切。其实好多人的心都是空的。世界从潘多拉的盒子里诞生，那盒子打开之前是空的。人到最后一幕都是悲惨的，好在演绎的过程有快乐。急什么？慢慢走，偶遇啊。

一辈子加起来，有时真不如偶遇一道渠水。

无症状感染者

“我喜欢它，我愿意自己有件喜欢的东西/但我知道，它决不永远属于我/我的喜欢，是盲目的/所以我的喜欢是哀伤的，也是自私的——对不起”海桑的诗写得动容。生命一落地就朝向死亡，一如河水流向海，流向比泪更咸的命运。

但生活呢？

一个例行公事的旁观者？局外人？但分明是置身其中的。常常想贴近了，却发现隔了花玻璃，看不真切。偶尔发了狠，拼尽了全力，只照出自己的狼狈。

因苟且，我怀着虔诚的敬畏和恐惧深爱生命；因苟且，我无颜面对挥霍掉的时光，和没有留下痕迹的生活。

我是生命中慨然歌唱的英雄，却被生活隐形传染，一个未被发现的无症状感染者。

一切各有样子

闹钟响，又响，真烦人。假期有假期的尊严。万物各有尊严。但总归睡不着了，阳光这样好，手脚忍不住往外跑，魂也飞了。踏春是春天的尊严。

地还裸着，但白菜花已经欢天喜地。主人宴客，只有一桌流水酒，若是有客人占着座位不走，别的客人就没法来了。季节就这点好，该来的时候来，该走的时候也不赖皮。

周家大院离家 23 公里。想去就去的抵达，最美。

腊月二十六，赶圩，不长的一段路全是人。两个妇人站在路中，聊得热络。路两头的车渐长起来，喇叭重重地响。乱按什么呢，路又不是谁家的。马路还能是马的？

本不可能知道的两个人此时与我有了某种联系。人有时是一段必经的景色，虽然欠佳，但总得看。我的时间、好奇心、求知欲，不知不觉在陌生人身上颠沛流离着。总也看不完。

大院人少，有的还没来，有的已经走了。一对老门当安静等我。这老物件啊，让多少已经死了的人消失的事又乌泱泱地活了过来。说到底，时间是它们的。

假期有假期的样子。春天有春天的样子。时间有古老的样子。

幸福是什么呢？幸福就是一切各有各的样子。

用牙齿咬住一朵花成长

才头伏，蝉声已撕心裂肺。

荷花正好。年岁一长，荷花褪去了神圣光环，成了视线点缀、把玩的风景。

37℃。阳光破坏了诗意。诗意往往是晦暗不明的，阳光是它的死敌。

试图走进荷叶深处，我需要用几张照片证明生活。但荷塘暧昧，它用茅草割伤了我。

脚踝上几道细密的口子隐隐渗血。持续的微疼里我明白：它以这种方式拒绝，却不驱逐。或许是提醒，远观和亵玩不仅体现在距离，更在于态度。疼了才能记得住。

我不管，依旧走向更深处。没有了寓言般的光环，它吓不住我。摘下一朵花，遮挡无法驯服的阳光，替我慰藉即将爆裂的皮肤。

“生活就是用牙齿咬住一朵花成长，就是学习呼吸，在每一步。”

在一朵花里重新活过来

广西柳州三江程阳八侗寨，保护很好，原汁原味的朴素。只是一路看得太多心生疲态，美向来寄生在好奇和新鲜里，再别致的景，再鲜的味道，再浓的情，也经不起一成不变的审视。

两个孩子从寨中走来，一男一女，个头都不高，衣裤短小，穿在身上更显局促。女孩十岁上下，男孩不到八岁，山里的孩子具有和年龄不相称的成熟。

女孩对我笑，摘下路边一朵荷花，“阿姨，送给你。”花含苞，欲抱琵琶的美。她说普通话，几十年前还偏僻隔绝的地方，与世界的边界渐渐模糊在互联网和共同语言中。

有些诧异，头回在外地有陌生人送花，我需要给自己找个理由。同行的朋友喝止住我伸出去的手。“这花要钱的。好多景区里都有这样的小孩子，先送花给你，然后要你掏钱买下来。”听起来，确实是合乎现实的逻辑。

“多少钱？”生活不易，孩子行为的背后是现实中成长的无奈和不堪。当生活在别处时是梦，是诗和远方，而当别处一旦变为此处，所有的神圣随即变为另一面，艰辛且残酷。

“不要钱。”声音里有小小的委屈和倔强，“送的花不要钱。”

羞愧袭来。很久以来，我一天比一天柔肠百转地冷酷。成年人的世界自有游戏规则：没有赠予，只有交换。心灵的门不可开，不敢开。开了，也许连门都没有了。坦白犹如童年的衣裳，不是不愿意穿，是无论如何再也穿不进去了。

“谢谢你啊。这花真好看。”

“不用谢。”孩子语气平稳，多少消解了我的尴尬。但愿她的纯良没有在此刻被几个陌生人改变，哪怕一点点。

感动，是中年备受压力而钝化的触角难以抵达的高处。我在感动的荒年里死了许久，但此时活了过来。不知该怎样感谢，除了世故的人情，我身无长物。朋友掏出几块巧克力，小姑娘礼貌地道声了谢谢。孩子是真正的智者。

想起从前的自己，纯净得连潜意识里都没有渣滓。怎么长着长着，长成了年少时厌恶的那种人。

幸福的U形线

幸福感有条曲线，倒U形。

老爸出院，瞬间就放松了许多，像摘掉长久紧裹的口罩，呼吸都自由。时间又回来了，那些属于我的可支配的时间。快乐也回来了。

一根触底的弧线重新上升。

幸福有时在脚下，可腰身沉重，俯拾时离指尖总有距离。咬了牙，吸一口气，下去一点，再下去一点，把腰身弓成弹簧般。

倒着的U形，幸福的弧线。

每个大人心里都住着个孩子

“三八”“中秋”“清明”……那些个节日年年都等在那里。“六一”不同，等你意识到它珍贵时是多年后了。

越往岁月深处，越需要给童心留一个出口。活得理性好，可惜约束太多。只有机器才能百分之百的理性。给自己不用长大的权利，哪怕只有百分之一的放任，才能称之为人。

所有的大人都曾经是孩子，虽然只有少数人记得。

长不大的女人人人相似，因为无须长大。长大了的女人各有各的理由。

长大了不能随意哭，不能随意笑，不能随意说话，更不能随意相信别人。大人就该有大人的样子。长大时，我们把好多东西弄丢了。常会弄不明白为何出发，又想去哪里。大人们把方向弄丢了。把梦弄丢了。把自己也弄丢了。

只有孩子，才清楚知道自己想要什么。只有孩子，才能装得下最辽远最沉重的梦想。

见过的每一个人，遇到的每一件事，读过的每一本书，都在温柔地捆紧你。童年的梦是童年的衣裳，再也穿不进去了。无论如何也回不到一个孩子了。

时间是一个任性的利己主义者

时间有时会走得很慢。石块上。树皮上。蜗牛的背上。我椎间盘发作时躺着的床上。

秋光极好，我暗趸趸的卧房里有下不完的雨天。有病的身体跟世界的罅隙是情人的决裂。那些黄透在秋天里的花和叶来不及告别了，它们走得太急。冬天有冬天的宠物。那些花啊叶啊其实跟我一样悲观，只是不说，它们忍得住。

越是年长越怕冷，怕季节冷，别人的态度也是。健康的人世界大，步子也大，冷一点，热一点，都能应付。等到动不了，每一点细微的移动不再是选择，而是成了唯一。健康是幸福的麻木。

接到快递小哥的电话，买的物件到了，下单不过两天。什么都比我走得快。跟小哥说了缘由，让把东西送上楼来，说完很麻烦了别人似的，止不住惭愧。

小哥看一眼我的护腰。“只是腰痛，还好。”说得很内行，一时不知是该喜还是悲。“我前年腰疼得连腿都动不了。住了一个月医院。做手术才好。”那样年轻。病得比别人轻也是幸福。

这么多年才明白，上帝给人肉体，是因为世间痛苦太多无处盛放。我千疮百孔的身体上，时间停下来，在那些空洞里捉着迷藏。时间啊，真是个任性的利己主义者。

爱情是诗里相反的东西

课堂上一男生大声问：“老师，爱情的意义是什么？”眼神里有光闪动。才读完一首爱情诗，他正骑着爱的钟摆，在梦境和现实之间来回摇晃。

我的眼里也有光闪烁。我的回答许是他未来的朝向。

告诉他爱情其实是和诗里相反的那些？告诉他很多事物不是因为有意义才去经历，而是经历后必须寻找意义支撑行为？他还年轻。真话意味着不是扼杀，就是迷惘。

“我也不知道。有些事物可能一辈子都无法探究清楚，会一直在寻找的路上。但并不妨碍你去热情地投入，比如生活，还有爱情。”

光更亮了。他没发现，站在讲台上的我渐渐黯淡。

人在旅途

“在下一个车站在下一个城市，我的爱只属于旅途。”汪峰的歌在开往上海的列车里响起。这里清凉异常，外面是裹着蝉鸣的热浪。躺在窄小的铺位上看着树和房屋掠过，红提透过车窗的光线投在肌肤上，隐约成少女的粉色。很享受旅行中额外赠送的惬意，莫说对前方的憧憬，单是车厢里的时光就足以让我有不小的快乐。

每次远行我会首选火车。飞机舒适便捷，但严格繁琐的手续，漫长的候机，机场精美的广告都提醒：你只是匆忙赶往终点的“高价乘客”，并非心怀期待的“旅人”。稍纵即逝的飞行无须时间和心情的酝酿，只要矜持地保持沉默。幽闭的机舱里，偶尔才响起漂亮空姐训练有素的提示声。

列车是流动的旅舍，嘈杂却亲近，不时有人上车和到站，不时带来新故事新面容。

儿子不知何时和临铺的小姑娘玩起了躲猫猫，狭窄的车厢无处躲藏，捉和藏的人很快就互换了角色。这游戏单调，吸引人的不是结果，而是由陌生到熟识的过程。一对小情侣争论着汪峰和水木年华的《旅途》哪个更动听，各自维护着自己的偶像。女孩口齿伶俐，说得男孩点头称是。姑娘得意地笑了，小伙子也笑了，两人脸上都写着满足，一个是因为爱人的退让，另一个快乐着爱人的满足。两个中年人闲侃中发现，生活在不同城市的人竟然做着完全相同的工作，相见恨晚……

喜欢这样的旅途，每一个未知都充满了变化的新奇。很难一言蔽之这其中深层次的原因，有对风光的向往，有对时光的探求，有对未知的好奇，也有放松心情的渴望，但最让我着迷的，还是那短暂改变固有生活轨道的可能性。

生活是圆，每个人都被固定其中机械运行，一些人努力想扩大轨道的半径，但更多的人因缺乏勇气和能力只好囿于圆周里单调重复，直至走向最后的归宿。旅途给我契机，带来无奇的生命中偶遇狂喜的希望，在苍白记忆中涂抹明亮的可能。

“在下一个车站在下一个城市，我的爱只属于旅途。”到站时，汪峰的歌声再一次响起。

靠不过去的岸

“要走了吗?”

问得多余。惯常是要走的，来，去，都倏忽。一条鱼在河里冒出头，用力拍出浪，飞溅得高远，惊艳，只是倏忽。

“还来吗?”说出口就知错。自然会来。

他是船，河里漂着。她是岸，但他靠不过来。

她想，一阵风许就将他吹过来了。只不知风哪天来。许一直不来。水下有暗礁，船不小心开了裂，蒿折了，都只能停着。一直停下去。

她想走过河去，靠近那条船。她忘了自己是岸。

若真能蹚过河去，水没上来，岸便没了。

每个人都该有一朵玫瑰

伊甸园里种了些什么？只有和上帝具有同等智慧的人才猜得到。不过千万别真的猜出来。你看，乔布斯猜中了苹果。上帝也会嫉妒。

伊甸园里有玫瑰。每一朵都是人间没有的绝色。

一朵紫玫瑰，纯净像天使翅尖滴下的露珠。上帝每天都赞美她，“啊，你真美！”声音里的慈爱让别的玫瑰妒忌。可是玫瑰们不敢表现出来，她们都知道夏娃的故事。上帝爱得疯狂，一望而知——夏娃有着并不高出她们的美貌，却被赋予行走的自由。这对玫瑰们是多么奢侈！

伊甸园里苹果那样多，上帝为何大动干戈？应该任由夏娃采摘，对爱人本该有这样的大度和慷慨。害怕人类拥有和他一样的智慧吗？夏娃和亚当吃下了苹果也不过用树叶缝了上衣。如若真的智慧，被赶出伊甸园的应该是上帝。两个人的力量总会大过一个人的。当然上帝不是人。

玫瑰们暗自猜测：智慧果里根本没有智慧！一切都是幌子。他只是害怕权威被挑战被怀疑。害怕藏在苹果里的秘密被发现。

爱情，小心隐匿于苹果中的秘密，上帝意欲独享，却被嫉妒的蛇窥破天机。夏娃爱上了亚当，之前她眼里只有上帝。上帝于是心怀妒意，驱逐背叛者，惩罚人类和蛇永世为敌。爱情自私，以及一切以“爱”为名的东西。

背叛和爱同样来自嫉妒。嫉妒大摇大摆，让人警惕。爱情善于伪装，让人措手不及。

紫玫瑰不知道这些。她只有影子一个朋友。每天对着影子喃喃自语：“啊，我多么幸运，又多么孤独。”紫玫瑰一天比一天紫得寂寞。

“怎样才能使你开心呢，我的孩子。”上帝的怜爱让她流泪。

“请您像赐予我美貌一样，赐予一个爱我的人吧！”

“我的孩子，人人都知道你是爱情的象征。这还不够吗？”

紫玫瑰低着头。她的外婆的外婆的外婆，在睡美人的小屋外守候了一百年。爱情是诱人的冒险童话，她不甘只成为篱笆旁的布景。

“每个人都应该有一朵玫瑰。我想要属于我的那朵。”

“爱很脆弱。我的陪伴才能给你永恒。”

“寂寞是无尽的黑，我愿意做一颗流星。”

上帝再也没有赞美过紫玫瑰。一朵玫瑰也配梦想拥有爱情？他那样万能，都从未品尝过爱情。

“自作聪明，不知感恩的东西！”

一种暧昧不明的生活

“嗨，你好吗？”

手机提示灯亮起，一盏不停闪动的绿灯。这么多年，她经过的路口都是红灯黄灯，早已陌生。

以前有个人送给她副手套，绿色的绒线编织出呼啸而来的春天。上面绣着几朵向日葵，正疯狂面朝太阳。

“我是向日葵，你是太阳”。那个人眸子里的热融化了远山的雪。那年的今天是元宵。后来，她再也没见过那样好的绿色。后来，每到今天，她都会收到这几个字，仿佛如期而至的春天。

还好吗？

她像手中混沌的馅心，一次次碾碎，失去了形状和颜色。不动声色地，她揉紧元宵，揉紧这些年晦暗不明的生活。

花千谷的故事

一座很长很长的山下有个花千谷，清清的日月湖水从谷前流过，草地上红的、白的、紫的、蓝的……各色的花是天使故意藏匿人间。花千谷是不是有一千座山峰一千种花，没人说得清，谁会真的在意数字呢。重要的是，花千谷应该是每个人脑海里的模样。毕竟啊，每个人心里都有一个花千谷。

一朵叫公主的黄玫瑰

花千谷里有个玫瑰园。玫瑰园里有几千朵玫瑰，她们都很美。

有一朵玫瑰与众不同，从小她就知道自己很特别。别的玫瑰都太普通了，全都长成红的粉的模样。她决不能那样。于是，这朵玫瑰精心设计礼服：淡金黄，温柔涂抹的太阳的颜色。她躲在绿色的房子里，一层一层缝制裙摆，她可不想像别的玫瑰，穿着普普通通的衣服来到人间。终于一天清晨，玫瑰们还睡着，她穿上了漂亮的裙子，好让她们一睁眼就为夺目的美丽惊呼。

“啊，真美！”

"天哪，多漂亮的裙子，像在做梦……"

"我敢说连公主见了都要嫉妒的。"玫瑰们赞美着，低下头看看自己，羞愧极了。

黄玫瑰骄傲地昂着头。玫瑰们从没想过为什么要来到人间，她们听从命运的安排，从生到死都浑浑噩噩。可是她不同，她知道自己为何要来到人间，知道自己想要什么。

但首先要有个名字，黄玫瑰那样多，她要属于自己的那个。"公主"，她喜欢这个称呼，虽然有些浮夸，但她配得上，不是吗？

玫瑰们都叫她"公主"，也像对待真正的公主那样，羡慕、嫉妒、疏远她。没有她之前，谁都不比谁更美，每朵玫瑰都一样。每个人都是从别人眼中认识自己，照镜子一样一点点拼起来才看清楚。照见了美照见丑陋都很寻常，最可怕的是照出了平凡。谁愿意承认自己普通呢。公主不在意，她还有一个更大的想法，等得到了她想要的，会成为玫瑰们爱戴的女王。那个，还从没有哪朵玫瑰拥有过。

公主很小很小的时候，就听说玫瑰最神圣的使命是象征爱情。玫瑰们骄傲于自己是人类给情人送的礼物，还热衷于夸耀彼此的身价和包装。公主讨厌这些。

"为什么玫瑰只能是爱情的旁观者，却不能享有爱情？"每个人都应该有朵属于自己的玫瑰，每朵玫瑰也应该有自己的另一朵。公主想得到的是：爱情。

风吹过花千谷，像情人的指尖抚过。沙沙……沙沙……竹林和大片大片的鼠尾草轻轻摇动，山谷里刮起一阵阵绿色的紫色的风。

太阳的表白

这是春天最后的月亮。明天开始有些花将死去，她们和春天一起来的，也要唱着春天的歌离去。公主有些难过。这些花们，好多还没经历过爱情。她们的生命那样苍白，月光一样惨淡，一样冷。爱情是什么，玫瑰们不知道，竹林不知道，大片大片的鼠尾草也不知道。但她相信，自己一定会知道。

太阳在夏天醒得特别早，其他三个季节都懒洋洋的。有一天，太阳驾车走到花千谷，突然看见玫瑰园有朵奇异的玫瑰，淡金黄的花朵像女神骄傲的头颅，高高地昂着。别的花都垂着，躲在叶子背后，不敢直视他的目光。太阳一下就爱上了这朵玫瑰。他勒住金马车，不再移动。

"啊，可爱的玫瑰，你真美。你是谁?"太阳靠近玫瑰。

"谢谢你，我是公主。"光芒给公主镀上了一层耀眼的金色。

"做我的爱人吧。我承诺把给世间带来生命的所有热情都献给你。"太阳伸出双臂，燃烧的激情烤得公主喘不过气来。

"请离我远一点吧，你的爱太热烈，会把我烤干的。"

没有人敢拒绝太阳的爱，一朵玫瑰?！太阳生气地盯着公主。玫瑰身体里的水分一点点在蒸发，她快渴死了。

"快接受太阳的爱吧，他多伟大，真让人羡慕。"玫瑰们劝着公主。

公主不说话，就让太阳把她烤成枯枝吧。若不能时时凝视爱人深情的双眼，又怎能叫作爱情?

对一只蝴蝶的爱情

花千谷的夏天最美。花们穿得最艳，蝴蝶舞蹈得最轻盈。许多蝴蝶高高低低飞舞着，围着花儿们献殷勤。

有一只蝴蝶很特别，翅膀上的花纹像两只大大的眼睛。公主被这只蝴蝶深深迷住了，“多么优雅的身姿，多么深情的眼睛。”公主没见过天使，如果有，一定像这只蝴蝶，有一对美丽的翅膀，翅膀上有一双可以时时凝望的眼睛。

“蝴蝶啊，请不要辛苦地飞来飞去了，在我的花蕊里安家吧，我将天天为你歌唱。”公主声音像音符流淌。

“噢，你的花蕊太小承不下我的身体。你的刺会扎疼我起舞的双翅。”蝴蝶笑了，满不在乎。

“为了你，我愿意褪尽荆皮，做一朵没有刺的玫瑰。”

“真是傻到家了！没有刺的玫瑰怎能叫作玫瑰？”蝴蝶的笑声越来越大，翅膀不停颤动，两只眼里满是讥讽。“我们只爱藏在花里的甜蜜。美丽的花儿成千上万，没有哪只蝴蝶会为了一朵花停留。”公主低下了头。那两只眼里长出利剑，刺穿了她的心。

夏天过去了一半，公主还是没等到爱情。时间不再厚待她。她漂亮的礼裙黯淡了，蝴蝶也不再为她舞蹈。玫瑰们都在嘲笑，“哟，美丽高傲的公主也一样会失败。”曾经以为，时间和爱情都有根长长的绳子，无论她走多远，绳子一直牵在手里拖在身后。

狗尾草的爱

夜晚的花千谷星空一样静谧，日月湖在静静淌着银光。公主很难过。这些日子她常对着自己的影子发呆，“这里的一切还是那样美，除了我自己。”生命像影子一样灰暗无色，终有一天，她也会像其他花儿一样孤单死去。公主很害怕，毕竟她曾经那样美丽过。

“你好，公主。”有声音从脚下传出来。一个她以前从没听过的声音。

“你好。你在哪里?”公主低下头，在黑暗里寻找。

“我在你身边。我是狗尾草。”公主看见了他。一株狗尾草，矮矮的，长着一颗丑丑的大脑袋，正抬着头望着她。

“我从来没见过你。你是新来的?”

“不。我一直在这里，从你来的第一天起，我就在你身边了。”

“哦，对不起。”公主有些惭愧，一个老邻居，她却第一次认识。以前她的头总是抬得高高的，从没注意脚下。

“你那样美，那样骄傲，而我太普通了，低下头你才能看见我。”

“现在我也是一朵普通的玫瑰了。今天的我比昨天老，也许再过几天，我丑陋得你都认不出来了。”美丽真是残酷的东西，一旦失去，就成了不能直视的废墟。

“没关系。我见过你美丽的样子。现在你看不到自己的美，若你走进我心里，你一定会知道自己是怎样的好。”狗尾草看着玫瑰，眼里的真诚让玫瑰无法怀疑。“你美丽，我爱你。你不美了，我还是爱你。我爱的是你，和你的美丽无关，甚至你如果不爱我，我依旧爱你。”

玫瑰流泪了。她曾经为蝴蝶落泪过，但这次不一样，这次是为爱情。

公主知道了什么是爱情

“早上好，我的小公主。”睡着还是醒来，狗尾草一直在注视她。

“早上好，我的爱人。”爱情是让人重生的魔法，她又成了真正的公主。

幸福了一天又一天，公主依旧说不清楚什么是爱情。但她知道了，爱情其实很简单，和伟大、美丽、高贵统统无关，有时只需要低下头转过身，就会看到一直在身边等候的爱情。虽然它时常让你流泪，让你失望，但只要一出现，你还是会走过去，不由自主。

遇见狗尾草以前，就算是有一百人爱她，或者她爱过一百人，心都是空的。而现在，每天只要看见狗尾草，忍不住会唱出声来。如果一定要形容爱情，那就是：无论何时，都能在爱人的眼里看见最好的自己。

秋天到了，花千谷里的玫瑰一朵朵凋谢。公主知道，她离开的日子到了。每天都有一片花瓣飘落，她更丑了。但她不怕，生命丰盈，在狗尾草的爱里，她已经永远地遇见了幸福，遇见了爱情。

夜色深沉，花千谷睡着了，只有萤火虫还点着灯。公主微笑着，最后一次整理她的礼裙。“噗”，最后一片花瓣坠落，像一颗流星划过，又像甜蜜的叹息。

有人说你是个诗人

人是被别人定义出来的。

起先你不知道自己。在别人的视线里一点一点拼出轮廓。像照镜子，人只能在镜像里看清自己的模样。男人定义女人。老人定义孩子。成功的人定义失败者。

诗人不太一样。诗人是诗人们自己定义出来的。诗人觉得诗人才配为真正的人。不写诗的人是别的物种。

历史书里的诗人让人觉得伟大。隔壁住着个诗人是个笑话。

诗人长不大。长大的人不愿意被人叫作诗人。饶过了自己，饶过了世界，饶过了时间，自然也饶过了诗。

最好的诗不在字句里。最好的诗人会把每一天都过成诗。

别人家的娘舅

陪友去濂溪书院拜谒周敦颐先生。友想写篇文章以示知识分子对另一知识分子的敬仰。敬仰挂在嘴上显得轻盈，最好的去处就是文章。其实，一个人的一辈子更适合用一辈子来敬仰。

朋友看着周先生亲，自家娘舅一样。娘舅的书也熟络，像读家信。舅家盖了新屋，模样变了，但气息还有些是旧的，往屋里走走，愈发亲近。

我是邻家孩子，屋里屋外探头看，生分的距离。看着朋友回家，有些羡慕。要熟络好像也不难：

1. 多读些人家的娘舅的书。娘舅也会变成自家的叔伯。

2. 跟娘舅家的人多走动。也算是自己有娘舅了。

蜘蛛一样吐出自己

近日在一文学群中得美号："蜘蛛精中精"。电视剧里的妖精们无名无姓，面目相若，是只凭裙装颜色区别的背景，自然不如和我言语碰撞间有着可触可感的鲜活。连续平声调少了顿挫，读起来略嫌生拗，但自带着"双汇王中王"的骄傲。这是夸我。文人的赞美和批评同样有着古怪的想象。

我是群里的异类，有着不符年龄和职业的张扬，但群友们默许纵容，任由我放肆，少有批评暗藏的机锋。心仪这种安全，我视为享受，如鸟在云端整理羽毛，鱼到浅水的岸边吐泡，而无须担心狼狈坠落或是暗自垂下的吊钩。在这里我可以任性织网，收纳姿态各异的善意。他们待我好。

我对这称呼的认同，还来自自己时断时续的写作。像洞中的蜘蛛，我少与外界接触，以吐丝的方式从有限的存储里艰难分泌，完成键盘上的沉重敲击。

木心说："文学是一个字一个字救出自己，书法是一笔一笔救出自己。"他是萨特的拥趸，相信他人就是地狱。他要自救，文字和图画是得心应手的最佳工具。我的地狱是自己。

洞中幽闭，光线昏暗，目力极为受限，但也让我鲜受来自外部的攻击和伤害。洞壁严饬，我观察其上隐约浮现的细碎裂纹，并将它们想象成为浩瀚宇宙里神秘排列的星图。常年盘踞黑暗，感受不到阳光的暖意，蜘蛛只能获取和干瘪身体同样贫瘠的食物，从最小的腔肠中拉出绵密的丝，一寸一寸直至变成空壳，或是作茧自缚，完成最后的虔诚的献祭。

没有源源不断地输入，日复一日我吞噬自己，以身饲虎地反哺文字，在纸面上构建生活，乐此不疲。同样吐丝，蚕因为实用价值而备受赞颂，蜘蛛只配悬在角落备受嫌弃。

强光下，蛛丝晶莹，镀满珐琅质的光，像一个最小最唯美的陷阱，一个最透明最诗意的谣言，一个最轻盈最失真的梦。

裸的季

冬春之交最尴尬。一些树刚习惯了裸露，叶将落未落，努力挽留残存的体面，没落到只剩名头的皇族。另一些已等不及，开出了红的白的花，是示威也是示好。不怪它们。春天排场隆重，冬天有什么呢？大雪银色的袍当掉后满身疮痍。冬天是败家子。

树干光着刺向天空，自信到无须修饰的美。

树干有树干的美，树叶是另一种。两种美不能比较。美不能放在天平上称量。天平两头放置的都不是美。

春天是色彩的裸季。冬天是植物的裸季。

好多年了，一直只见艺术家的春天。艺术呢？艺术只有裸季。上帝好像也不爱艺术。他和艺术家站在一起。

断舍离

人生自古有情痴，此恨不关风与月。世人常怀宏图大愿，却难堪破一个“情”字。生悲苦，生、老、病、死、爱别离、怨憎会、求不得，其间皆为“情”字缠绕，但凡投入，便从此匍匐了身段低到了尘埃里。情之动人，因其浓，其烈，缠绵悱恻，直教人生死相许；因其短暂，昙花一现；更因脆弱难留，如手中细沙，越是紧握越是即逝。多少人皓首鹤发，一生只为寻一人。求之既得，欣喜若狂，只觉此生无憾；求之不得，恨苍天薄我，叹此生心无所属，漂泊无定，颠沛流离。

“十年生死两茫茫，不思量，自难忘。”少时读来只觉荡气回肠。经历了爱恨生死，世事渐明，才恍觉诸般离合乃常态。春秋十载于天地弹指一挥，于人之一生却是万水千山。倘一心只顾回首来处，忘了前路迢迢更需珍惜，便是不智。天道恒常，唯顺应，唯释然，方可畅游于天地间。且逝者已逝，最大告慰莫过于含笑前行。拿起放下一念之间，懂得舍离才好。

“回首向来萧瑟处，也无风雨也无晴”，看似淡然，实则无奈亦不甘。“如烟往事俱忘却，心底无私天地宽”，这“无私”二字放空了心胸，说的正是舍离。

切莫以为“忘却”是怯懦犹豫的逃避，心如铁石的无情。此二字看似寻常，非大勇气大智慧断难达成。

人非草木，往事悲欢交织，犹如来路竹梢风动，凝眸处细碎壮阔皆故事。弃之不顾，前尘若梦无根无果。然往事既昨，须“不识庐山真面目”洞若观火的冷静，“昨日之日不可留”壮士扼腕的果敢，兼“古今多少事，都付笑谈中”放达的洒脱，方可斩断如麻情丝，终归释然。

归根到底，舍离求心性之通达，思量之智慧，境界之超脱，为承载而遗忘，因选择而放弃，于纷繁中归清明。曾经沧海难为水，除却巫山不是云。云雨既过，月朗星明。

花开看半

雾里看花花似梦，水中望月月似花。掰开了细嚼，说的是距离。

但凡察物明理，莫不出铆足了劲打破砂锅，明察秋毫。治学之道严谨细致，容不得丝毫懈怠，当练就金睛火眼，于纷繁芜杂中抽丝剥茧，去伪存真。但倘依循此法观景赏人，恐负了春光又负卿。

西湖观景，晴湖不如雨湖，雨湖不如月湖。月华隐现，百尺楼台尽迷烟水，一池柳絮被翻红浪。此景亦真亦假，亦梦亦幻，见于目而发乎心，全凭想象。白日里明媚，蒲柳寻常波澜不惊，目之所及一览无余，断然无法想象。眼中景不如心中景，此中奥妙在于“朦胧”。

明理求“真相”论“是非”，通透真切；生活求“安稳”道“融洽”，难得糊涂。不识庐山真面目，只缘身在此山中，美之发端不在真实，却因朦胧而生想象，其中奥妙便是“距离”。

切莫以为距离是银汉迢迢的千山万水；落花有意流水无心，各自安好；或如昨暮同为人，今旦在鬼录；亦似同床共枕各自眠，大难临头各自飞。距离是不偏不倚不远不近，拿捏了分寸恰到好处。近之则不孙，远之则怨；增一分太长，减一分则短；

花开看半，酒饮微醺，说的都是恰到好处的距离。

美人如花。虽说繁花似锦，欲让人过目不忘便需距离。“朱粉不深匀，闲花淡淡香。细看诸好处，人人道，柳腰身。”朱粉浅施暗香微溢，有无间若隐若现，怎一个聪明了得？纵明知有万般好处，也不过“人道是”，故意隔了薄幕，镜花水月的朦胧。好女子如书，引人入胜需一页页翻，一行行读。

世事芜杂，看似千差万别，实则殊途同归。与人相交，其融洽之道盖莫出一“赏”字，不过将湖月美人换作了“人心”“人性”。因朦胧而生想象，因想象生美好，因美好心生欢喜，又因欢喜继而真心性以待，自然相处甚欢其乐融融。

说易行难。距离于萍水相逢易，于管鲍之交难，于共挽鹿车更难。世人认定坦诚为待人处事最高准则，距离却要人守了分寸。

人各不同，细微点滴处又岂能真正感同身受，试将君心比我心？且世事多舛，有些际遇深藏心中并不欲被人知晓，勉强提及时如鲠在喉。若刨根问底，旧日伤口重掀痛彻心扉。更有时情深似漆，恨不能把一块泥捻一个你塑一个我，距离之心早抛至云霄，哪还记得相敬如宾。

“好雨知时节，当春乃发生。随风潜入夜，润物细无声。”与人交往如好雨润物，知时，知地，知人，方才知心。

人间至味是清欢

世人都晓神仙好，唯有功名忘不了；世人都晓神仙好，唯有金银忘不了……熙熙攘攘皆为利来，此路令人目眩神迷。然，路难行！多歧路，难于上青天！

关山迢递道阻且长，纵然胸怀乘风破浪之志，身有架海擎天之才，也难保时运不济，乐极生悲。且行此路如凌绝顶，虽风光无限，然崎岖艰险，沿途万马千军拥挤不堪，殚精竭虑终酬凌云之志，怕也是身心俱疲，高处不胜寒。浮世看淡，不如清欢。

家徒四壁掣襟露肘非清欢。虽说功名似雾富贵如土，但人活世间于己于人总需一份担当。阅遍古今，鼓盆而歌独于天地往来之人不过庄生。

清心寡欲绝尘遁世非清欢。看破红尘便身处五行外，与人间悲欢无关。清欢出自人间烟火，品的是人间百味。

傲世轻物狂放不羁亦非清欢。春风得意看尽长安花，倘一朝失意落魄，便拔剑四顾心茫然，愤世长啸。如此喜怒反复无常，岂为真欢。

孤芳自赏顾影自怜更非清欢，境界看似高邈，却难掩目中无人。

说开来，清欢弃趋俗之累，于至常至淡处，得至真至乐之味。

花开花落非僧事，自有清风对碧流，是清心。世人多向往黄发垂髫鸡犬相闻，惜铁鞋踏破，桃源依旧渺渺。非一地难求，实为红尘纷扰，事了心未了。灭却心头火自凉。倘心有南山，纵无竹院篱墙，照样可怡然自乐采菊心间。心远地自偏。心清则不受外物之扰，世相人生了然于心，知富贵得失一时一处不过拿起放下，种种困顿迷惑消弭于心豁然开朗。心安茅屋稳，性定菜根香。

读书消得泼茶香，当时只道是寻常，是清雅。人生不如意十有八九，不若得一二爱好，自得其乐悠游其中。插花、挂画、焚香、品茶……你喜桃花我爱梅，诗酒刀剑各相逐。雅俗本无泾渭之别，“忽觉佳酿醉春花”，风流浪漫引人遐想；“酒后高歌且放狂”却嫌过犹不及，时境异也。无细脍佳肴，可把酒话桑麻。无丝竹箜篌，可我歌月徘徊，我舞影零乱。无广厦千万，亦能低头却入茅檐下，呵呵笑几回。心怀月白风清，无论身处何处，皆可俗中寻雅，其趣自来。

有约不来过夜半，闲敲棋子落灯花，是清闲。天地生人为名利苦，为情痴苦，为儿孙苦……劳形苦心，行眠立盹。暂把诸事心头放，偷得浮生半日闲。闲可“月出惊山鸟，时鸣春涧中”；闲便得“高卧闲行自在身，池边六见柳条新”；闲方知“闲看庭前花开花落，漫随天外云卷云舒”。无事忙从闲中乐，有事偷向乐中闲。

回眸处若得初见，人生不过一半烟火，一半清欢。

第五辑

世界另有样子

努力寻找一种魔法
召唤出时间里的秘密，
变成大地上的实景

群　鱼

海边，弧度饱满的钓线末端，一条鱼奋力挣扎。为了满足嘴的贪欲，它游离鱼群，数小时后将消失在另一张同样急不可待的嘴里。

鱼肉细腻紧致几乎不含脂肪，游动的鱼是光滑皮肤下曲线优美的活体蛋白。手起刀落鱼腹剖开，动人曲线戛然断裂。鱼嘴不停翕动，张成大大的O形，像受难者在奋力控诉，随时都会泄露杀戮者的罪行。和鸡鸭受惊时大声嘶叫不同，没有声带的鱼是失声的哑言者，如同沉默忍受的耶稣，天生具有献祭者的完美品质。

睁圆双眼，这条鱼死不瞑目。

更深的海底，鱼群保持队列平静游动。生存残酷，只有紧紧抱团才能拥有和天敌对抗的力量。失踪者的位置迅速被填补，甚至来不及被发现。据说鱼从不流泪，哪怕是生命将逝，是最冷漠无情的伴侣。不会流泪的鱼，是否一出生就活在和眼泪一样饱含盐度的水里，或是体内本就饱含了比眼泪更咸的命运？

暗黑的海底，鱼鳞华丽闪耀，像空中密布的星群。

天空墨蓝。星群从不靠近却相互吸引，终生保持沉默和彼此适当的距离，一如深海里各安其位的鱼群。也有的耐不住寂寞，脱离轨道成为流星，像一条离群的鱼，要么孤独漂浮，要么走向毁灭。只因太过高远，空中的鱼群成为神的独享，逃离了人类餐盘里被献祭的命运。

一闪，一闪，天空的鱼群开合着嘴，泄露出神的秘密。

风过，所有穗粒朝着同一方向翻滚，稻田里有另一群奋力游动的鱼。没有泪腺，看不出痛感，不会呐喊，同样因为骄傲的沉默，它们是备受礼赞的另一种献祭者。丰收是无数死亡的累积，神坛和祭坛从来没有泾渭分明。金色闪耀，稻穗在无声歌唱还是激情谴责?

桶里装满了鱼，钓者心满意足。脱下上衣，他走向深蓝的海，身体在水中上下起伏，像游动的鱼。

人海里，我们都是随时面对诱惑和选择的鱼。无法离群索居，只有融入才能持续获取认同和肯定，同时也换取盲从的安全，甚至是邪恶的快感和破坏性的力量。法国大革命、二战的日本和柏林……处处是群鱼。

体力消耗过大，钓者疲惫之极。晚餐需要补充蛋白质，美美吃一大碗饭，再加一条清蒸鱼。

黑天鹅

公园里天鹅游弋，气度不凡姿态从容。脚无镣铐，羽翼未损，却安于一方狭小池塘，它们的行为难以揣摩，看上去身份模糊，介乎王者与宠臣之间的尴尬者。游客的青睐属于白天鹅，黑天鹅在水面落寞游动。一个不淡定的出世者。

黑白天鹅面貌相似，只因身着黑衣就被剥夺了天使的资格，贬为魔鬼的属役。

经典芭蕾舞剧《天鹅湖》第三幕。魔王的女儿，黑天鹅奥吉莉娅变成白天鹅奥杰塔的模样，试图骗取王子炽热的爱情。被邪恶和情欲同时诱惑，王子错认情人，违背信誓旦旦的盟约酿成大错。内心冲撞，动作果断，舞台上扮演黑天鹅的舞者一口气做完32个高难度的单足立地旋转。这种叫“挥鞭转”的技巧诠释了黑白天鹅完全不同的心理世界，由意大利舞者皮瑞娜独创后，便成为衡量顶级舞团和演员实力的不二试金石。用最炫的舞技来演绎邪恶，生活里令人生厌的魔鬼是备受聚光灯和观众宠溺的主角。

为何王子辨认不出女友眼中的蜜意和声音里的柔情？情爱中的亢奋更愿意亲近有控制力的魔鬼，而不是傻白甜的天使。

压伸，抬举，努力向上伸长脖子，竖直手臂……排练厅里，芭蕾舞者每天重复练习。她们深信，只要改变线条的天然构造就能拥有天鹅般修长的颈项。肌肉和骨骼持续酸痛，与期待的梦想相比，身体的不适不堪一击，只要不放弃，丑小鸭终会华丽蜕变成天鹅。长时间的高强度训练，舞者身体轻盈，腰肢不盈一握，只是小腿肌肉发达，双脚走路时呈职业性的外八字，像离水后岸上笨拙行走的天鹅。

因为比例失调的脖颈，天鹅化身高贵和优雅的代言，同样长度夸张的长颈鹿，却只赢得笨拙的称号。

长颈，并非出于对远方和天空的向往，只因对水下食物无休止的渴望。它们羽毛丰盈的身体无法潜入水底，只能头尾倒立将脖颈尽力伸长。为了一点小鱼小虾就奋不顾身，天鹅是最无节制有失仪态的进食者。弯曲脖颈，低头沉默，这是谦逊者高贵的姿态。掩饰寻找食物的企图，天鹅成功伪装，轻松获得代言的资格，备受赞美和倾慕。

细带，裸肩，黑色曳地长裙，巧妙地露出天鹅颈和一字肩。宴会中的女神，另一只黑天鹅。

“他是我亲生的孩子！嘎！嘎！”是谁把丑小鸭带进鸭群，偷藏在鸭妈妈的身下？雪白的天鹅应该是两只血统同样纯净的天鹅后代，自然不是灰麻麻的丑陋鸭妈考虑不周的激情后果。天鹅父母为何遗弃自己的孩子，是出于懒惰的天性，还是为求自保，决绝撇清一段不能被公开的情史恶果？

遵守一夫一妻制，天鹅因此赢得忠贞的美名。表面的忠诚下，多少不为人知的放纵和不贞隐匿。婚纱洁白。据说白才能象征美德和爱情的纯净，虽然烈士和处子殷红的血更能代表二者至高无上的贞烈。白天鹅身披婚纱，终生扮演清纯的新娘，隐含性的诱惑，而黑天鹅穿着寡妇的黑衣，成为道德和爱情的双重祭奠者。

人们不仅以貌取人，还以貌取鹅。

紫天使

一番挣扎后，树木以干枯的惨烈表明：虽立秋，但夏未远。总要等几阵雨后折腾够了，夏才会改邪归正，浪子般一去不返。再华丽的退场也是黯淡的谢幕，总有不甘，尽管观众已经厌烦透顶，也必然要再次隆重出现。

书案上有新插瓶的紫罗兰。叶片螺旋形排列，簇拥着顶端紫色小花，像巴别塔旋转延伸的楼梯，直通伊甸园。

每一朵花里都住着一位天使。据说，通往天堂的秘密路径就藏在星空的轨道里。我与花朵对视，暗自揣度：深情凝望下，她是否会为我泄露通向天堂的密码，描摹出星空的轨迹，她是那里的居民，自然轻车熟路。

每日清晨紫天使开放，黄昏时合拢。一天、两天、三天……紫天使循环这个游戏，仿佛置办了红木雕花的床，打定主意天长地久住下去。她是西西弗斯的情人，要不难以完成如此虔诚又单调的仪式。我是凡人，她有权保守上帝那些隐而不宣的秘密。越是置若罔闻，我愈发爱她。爱常常是我爱你你不爱我的单恋，一贯如此。

第八天，紫天使的仪式戛然而止。花瓣紧紧收拢，干枯得像暴晒过的茄子。枯萎的花比枯萎的叶更不忍直视。花凋时，居住其中的天使离开得匆忙，七零八落的花瓣标示着狼狈的痕迹。能有多少天使这般从容，离去后不留下一点废墟？

冬天是草木的裸季。夏天是人的裸季。河边有晨泳的人，男女杂半，多是中年人。睡不够的青春和睡不着的暮年各有战场，只有中年在有心和无力的夹缝中浮起沉下，是游泳时探头换气的人。

常来游泳的有一个女人，五十来岁，年轻时是某厂的厂花。身体白皙、丰满，像一部圣经，停驻了无数咏叹的声调和目光，拥有盛大节日般的往昔。她站在河中的浮桥上，紫色的大浴巾裹住身体。一个紫天使。只是，真的天使从不游泳，怕打湿了羽毛的翅，她们只擦拭身体。住在河边的女人一生要蹚过很多河，水的河，人的河，时间的河。

女人皮肤松弛，像加倍承受过地球引力。湘南的八月水盈满了河，而她满面沙尘。胸部曾是数不清的目光凝望的山峰，如今不见目光，不见山峰，只剩地平线一望无际。树木的年轮可以将年龄的秘密深匿，美貌却像高温中的巧克力，一化就一直化开下去。

时间是手术刀，它的锋刃偏爱美丽的事物，丑陋和平凡因太过不起眼，它选择无视。越是烟花璀璨的往昔，越留下哀鸿遍野的废墟。时间留下的废墟供人回望，美貌的废墟仅供感慨和同情。

紫天使甩动湿漉漉的发，像甩开没来得及播映完毕的剧情。她曾是舞台中央万众瞩目的主角，眼神和指尖带过的风都足以掀动台下的惊涛骇浪，如今这是她一个人的剧场。舞台上，剧情一滴一滴滚落。紫天使站过的地方，渍在风中不断变换形状，直至消失。

几种河流

秋将尽。叶比人早知道，它们的记忆里深藏着数十亿年前的冬天。

叶脉河流密布。生命之水沿着这些细密网路从树根部逆流向上，每一片叶都有一颗超级心脏，能产生令地心引力敬畏的强劲压强。入冬叶片落尽，里面的河流沿着土层下的隐秘水系汇入更阔大的流域。

像有裂纹的杯子，我的毛孔冒出细小汗珠。看不见的水系丰富复杂，在体内平静循环流动。看得见的河流在脸上。我将大地上的河流，复刻成额头错综交织的版图。

许多人和事从记忆之河上掠过，随着我身体的潮汐，有时干涸，有时拥堵。它在时间深处。是我一生的来处和去处。

此时，几种河流齐涌向一个按捺不住的冬天。

一万种真理流过的声音

水微流，“哗哗哗……”像琴师拨动低音的弦。“滑滑滑……”多少平凡就以这样暗示的慰藉，使我日复一日安于在时间的钟摆上，重复熟悉又老旧的节奏。懒惰者的步履只会为漫无目的停留。

所有的河流都沿着重力流向海洋——更高远的目标，更阔大的怀抱。因为志存高远，河流寂静，像奋斗的人从不诉说和抱怨。它已见证过足够多，无须再缅怀自己。这让我深信，每一条河流的沉默中都隐藏着一万种真理。真理无声，有力。

寂静有声。人耳只能感受 20—20000Hz 频率的声波，在此之外都是寂静。蝴蝶振翅，海豚咏叹，阳光穿透空气……自然界中声音童话般丰富。可惜我们是聋人，错失神奇中酝酿的美妙。如果可以祈祷，愿造物主赐我雷达聪灵的双耳，捕捉一切寂静。

人的身体是支脉发达的水系。血管内大小河流奔涌，隐藏着另一种寂静。

很多时候我们是不停循环的播放器，储存丰富，唯独听不见自己。身体里的回音壁早已破坏，无法识别反射和共鸣，像沉睡的公主等待到王子的吻才能惊醒。期待身体里发出高亢的乐音，我摇动公主，试图将她唤醒。

曾想象在高光时刻用热闹来激发寂静。喝彩掌声的高分贝，甚至在人群中持续地大声絮语，都只能徒劳地发出噪音。热闹过后，身体里的寂静在更深处遁形。

无须喊叫，只需亲近寂静，比如深的夜，无人的树林和沉默的水系。唯有相似，才能接近。靠近河流，一万种真理静静流过，发出震耳欲聋的轰鸣。

果　实

拦腰切下，猕猴桃分开两半，淡黄的果核四周，黑色种子放射状环列，像两只正以同样的渴望与我对视的眼睛。猕猴桃，仿生学上的名字，缺少可供想象多方抵达的触角，我更喜欢奇异果。

果核稍硬，味道微酸，这只猕猴桃还未成熟。几天之后它将变得绵软甜烂，成为老少皆宜的口中之物。相比一味的甜，微酸更让人难忘。除了味道多元，咀嚼时果肉和牙齿还有轻微碰撞的硬度。成熟意味着大众化的普适，主动放弃味觉的丰富并消弭自身的硬度。

文字是长出的另一种果实。

一条吐丝的蚕。写作者不停咀嚼零碎的字符，变成细长的丝从体内艰难抽出。无数柔软的缠绕，才换取来茧房的光泽和硬度。有硬度的文字意味着和大众绝缘。螃蟹铠甲坚硬，心脏却是一层半透明的薄膜。裸露的蚕抵御不了任何来自外界的风险，茧房里才能安全蜕变。坚硬之下常包裹着柔弱。

我也是一颗果实。一个卵子和一个精子的果实。过去和现在的果实。记忆和遗忘的果实。梦和醒、虚和实、爱和被爱、生和死……无数矛盾的果实。一个有硬度的奇异果。

夜之惑

惯于打破固有规则，夜将目之所及都吞噬进巨大的躯体。它不动声色地咀嚼，直至目标粉碎，发酵出跟死亡相若的味道。几乎所有善意的生灵都对夜保持敬畏，只有那些心怀叵测的玩意得到可以亲近的默许。上帝无所不能地掌控着白天的一切，却不得不跟黑暗分庭抗礼。披着黑外套踽踽独行，夜类若死神。

黄昏的墓园，一具棺椁正被置入墓穴，身着丧服的人群头颈低垂面色凝重。大地被分割成数个长方形小块，时间尽头，所有躯体不分贵贱一律安息在这些方格里。这里是死神统领的王国。

墓园上空，乌鸦盛大聚会，类若另一群身着丧服的人。上帝赐予鸟类直通天堂的特权，拥有天使的翅膀和美妙歌喉，而乌鸦通身黑褐，叫声粗粝，拙劣模仿鸽子的形体骗取上帝的信任后，旗帜鲜明地亲近地狱。秃鹫贪婪阴鸷，在遭遇不幸者的上空盘旋，等待不远处墓穴中散发出来的腐臭味道。为了这顿美餐，乌鸦和秃鹫甘心沦为死神城堡里的清洁工，厚颜地和死神手中的长柄镰刀沆瀣一气。

黑和白是两极对立的终极博弈。白象征着光明、希望、梦想、未来，天使般圣洁。而黑则代表沉沦、堕落、神秘、邪恶，无一例外地充斥着魔鬼的狰狞。人们大张旗鼓追逐理想中的白色世界，而黑则悄无声息，暗暗积聚取代光明的力量。当最后一丝光线隐退，它粉墨登场，走进毫无设防的梦境，毫不费力占据了充满欲望的心。

人们如此厌恶夜，以致与黑色沾边的东西都会遭到毫不留情的唾弃。

奥杰塔，被恶魔施咒变身白天鹅的忧郁公主，用纯洁高贵吸引了不谙世事的王子，得到了可以解除魔咒的爱情。王子生日宴会上，恶魔的女儿黑天鹅奥吉莉娅变身奥杰塔，无以抗拒的诡异魅力吸引住了王子的眼睛。爱情和生命的较量中，黑再次展现出它的强大，白黯然失色，铩羽而归。

像神话中拾到魔瓶的好奇渔夫，我拧开瓶塞，按捺不住探寻里面的秘密。

走入夜的巨大腹腔，我暗自揣测哪一个角落会堆放着来自地狱的刑具。黑暗中危机四伏，随时可能出现的可怕场景让人恐惧，我战战兢兢。夜安详而沉静，对我的擅自入侵置之不理。

一个蓄谋已久的骗局。黑色的外表下空无一物，只因过于强大而备受质疑。无知是怀疑和恐惧得以繁殖的肥沃土壤，想象则是误解和谣言得以传播扩大的催化剂。

月亮上环形山的黑影被当成嫦娥居住的宫殿，蠢笨的儒艮变身童话里美人鱼诱惑的身段和面庞。白昼与黑夜不是上帝和魔鬼在厮杀，只源于地球和太阳情人般不停变换角度的对望。人可以战胜有形的敌人，却难以抵御自身无孔不入的想象。而白昼袒露的透明如同祭起的利剑，挑开了各式形体上的严密包装。阳光是恐惧最好的分解药，它摧毁了好奇赖以生存的空间，注定是想象的死敌。

夜自顾前行，对上帝和人妄图消灭它的愚蠢嗤之以鼻。

夜之殇

仿佛受到诅咒，左脚从台阶滑落，我重重摔倒在地。伴随疼痛，左脚表皮下的毛细血管骤然冲破，外侧迅速隆起。第五趾骨撕拉型粉碎性骨折，我被禁锢在石膏、绷带和草药混合而成的狭小空间里。状若折翅的蝴蝶，我外形完整内部残缺。

落地疼痛难忍，我只能单腿跳跃前行。儿时我酷爱玩跳格子的游戏，灵巧地将瓦片和石块从一个方格踢进另一个格子。而此时，独自支撑身体的右腿颤抖，似无声抽噎，尽管它平时和左腿并不亲密，总是一前一后一左一右刻意保持距离。疼痛以黑色的温馨提示：我不得不依赖他人，无法独自操作自己的身体。

残损的东西不属于白昼，这里的土壤不适合播撒想象，它只接纳同样近于完美的理想或假象。夜则包容，是非、美丑、善恶、新旧，在黑暗中缩小了距离。夜也慷慨，只需派送一个梦，受伤的肢体甚至可以长出双翅日行千里。有缺陷的身体因破绽百出得不到白昼的祝福，一如有些只能在暗夜上演的爱情。

黑暗中一只蚊子嘤嘤嗡嗡，似饥饿中发现面包的小丑得意歌唱。这玩意相貌丑陋行为恶劣，吸食鲜血同时传播疾病，最大程度挑战知恩图报的道德底线。蚊子为何独独偏爱腥臭的鲜血，毫不忌惮吸血鬼的恶名？

黄昏的野外，夜幕和星光为雄蚊铺开壮观的舞台。雄蚊柱状盘旋，祭起华表般的雄性图腾，雌蚊循迹而来，投身轰轰烈烈的爱情。一生交配一次，只为20秒的欢愉便投入全部生命，雌蚊是最忠贞的爱人。奋不顾身是爱情的最佳诠释，蚊子抛开世俗观念尽情享受。爱情的果实需要孕育，花蜜和树汁太过淡薄，唯有鲜血的浓度才匹配爱情。雌蚊刺吸式针状口喙只为维护爱情，并不若人类的口腔除了传播疾病还传播谣言和猜忌。蚊子爱得如此疯狂，连顺带留下的疟疾和登革热，都有着热恋爆发时的高温。

上帝取泥水调和造人，他厌倦这种单调肮脏的游戏，将造人的任务分配给爱情。浑然不觉然上帝的阴谋，爱情欣然领命。而奥林匹斯山上，众神正随心所欲地玩着情爱的游戏。蚊子不识时务的忠诚是造物主谎言的潜在威胁。神灵机一动，将蚊子打入黑夜的冷宫，成了地狱和魔鬼的产物。

人们歌颂忠贞不渝的爱情，却将梁祝的故事冠以化身蝴蝶的结局。

蝴蝶，羽化后不停地围绕花蕊吸取花蜜，从不为任何花朵停留，是最善变最冷酷的情人。爱情的过滤器倾向留住美好的形体，蝴蝶绚丽的外表备受青睐。只因懂得在阳光中卖弄地舞蹈，蝴蝶的不洁被故意忽略，在跟蚊子的角逐里摇身变为伟大爱情的代言人。

黑夜中有多少被故意曲解秘而不宣的爱情？

两只小蛾子围着身后的壁灯飞舞，自虐式地一次次扑撞着灯罩，其中一只筋疲力尽跌落在我翻开的书页上。那页写着："后来我便爱了"，我听到这只蛾子临终的甜言蜜语，"我知道，我没有在黑暗中理智地停住翅膀"。

比喻的产物

白地市彭家湾。沿渠的公路种满了红杉。这叫落羽杉，名字美成童话。落羽覆地，绚烂了一层又绚烂一层，像年老后想努力挽留住最后体面的人。童话越美，底色越透着残酷。看似鲜亮的寓意，细想之下都是意识中暗藏的恐惧反射出的微光。落羽，多少暗含了留不住的无力。

但不尽如人意时可以比喻。世界处处是比喻。

都说女人像花是天才的比喻。这真是一种糟糕的赞美。一个人爱花，和对猫狗无异，人才会知道人的可爱。一种事物不用联想另一种事物才值得赞美。

比喻越形象，离本质和真相越远。归根结底，比喻是思维和语言的双重不足。科学和哲学都不用比喻。比喻是一种无奈。无奈了，只能另寻出路，于是有了艺术，和一切以艺术之名的别的东西。这不好。但没有这，更不好。

美人鱼的悲剧

美人鱼真傻，拿声带换来两条残疾的腿。爱情哪是乞讨来的。她该换取最洞见的大脑，还可以用智慧征服爱情。或者什么都不交换，用最美的声音说出最甜蜜的情话。爱情对虚伪更加毫无抵御之力。

从头到脚，整个都被美丽占据完了，她该给思想留出一席之地的。一个不能说话的智力低下者，简直悲剧。

哲学家的悲剧在于说得太多，譬如苏格拉底。哑言的哲学家，口若悬河的骗子，最受欢迎。美人鱼的悲剧在于：用骗子的思维看待爱情，却采取了哲学家的行动。

生命是一场又一场的选择

再熟的风景也会在某一刻被不熟悉的瞬间打动，如同那些反复说起的话，反复读过的书。“即使是最具野心的大师之作，它的核心依旧是将你带回到一个脆弱的、仅属于你自己的瞬间。”打动是因为脆弱。

成年后，以为铸成了坚不可摧的铠甲，其实终其一生，不过是梦想可以选择重新回归到温软的子宫。

万象纷纭，看见什么呈现什么都是选择。不该被裁判，进化的底色就是选择。

生命最初的竞赛里，人人都是一场浩大厮杀中盲选的胜利者。偶然，盲目……无法克服与生俱来的虚弱，我们只能选择，或被选择。选择性看，选择性听，选择性记忆，选择性遗忘……选择性生存和生活。幸福就是接受并能和解自己的选择。

生命偶然，也许就起自一次失误。死亡却必然，无法回避和逃脱。二者博弈，死神是最后的胜利者。真正的强悍者带着让人恐惧的力量，独自在暗处。

每个人可以选择信不信上帝，却无一不被死神强制选择。有光的地方总有阴影。选择明亮，就要学会同黑暗为伍。不能因为恐惧死神，就停止对活着的选择。

注定孤独

汉语里读“mìng”的只有一个字，“命”。

孑然一身。定然孤独。

叔本华说，要么庸俗，要么孤独。他一定不懂汉语。

爱情魔方

七月初七，月如镰。

永水河边，断桥被月光剖成两半，一半矗立，一半跌落水面。这本是修建于20世纪50年代末的引水渠道，因设计的重大失误被拆除，只剩下“m”形的渠拱，像被折去两端的指针，嘲讽般横亘。没有方向的指针无法指向过去，也无法指向未来。因与西湖断桥同名，成为热恋男女打卡的不二之地。

渠影憧憧，年轻的躯体重叠其上，两条纠缠的蛇。月光淡白，空气潮热，蛙声蝉鸣鼓噪，和千年等一回的传说一起，混合成强劲的催化剂催生和发酵着爱情。姑娘手中的玫瑰怒放，灼热了探索的舌尖和过山车般起伏的呼吸。

扫描电子显微镜下，玫瑰花瓣鲜红的色彩荡然无存，凝脂般的光滑表面千疮百孔，似被反复摧毁的废墟。这不是魔术的奇幻之旅。微观世界里，一切有形之物都以无色状态呈现，彩色是纳米结构干涉的结果，视线的假象。蓝天浩瀚，人类孜孜探求的神秘之地，悬系着无数同样高远的梦想。自然界中并不存在蓝色分子，我们赋予蓝色多少神圣寓意，就有多无法坦然面对：纯净高贵的蓝，只是光照在氮气分子上形成的散射现象。

是谁在我们的眼里设置了魔方，诱惑着我们对世界的真相察焉不详？还是因过于贪恋和沉溺，我们与魔方共谋，放弃了探索真相的权利？

小伙手指灵活，沿着姑娘的裙带向下延伸，那里另一朵玫瑰正在含苞待放。永水涌动，和着体内潮水跌宕的旋律，奏响爱情的夜曲。微观世界中，爱情是否也如玫瑰般无色，满目疮痍？

伊利诺斯州肥沃的草原上，田鼠成双成对相敬如宾。它们是一夫一妻制的坚定拥趸，终身不离不弃。田鼠的忠贞不是出于上帝尽责的感召和教化，控制它们的情感密码是大脑分泌的多巴胺和后叶催产素——蛋白质激素的基因编码。这些被统称为荷尔蒙的激素在所有哺乳动物的细胞里待机蛰伏。多巴胺点燃爱情的火柴，催生出一见钟情，而催产素促进多巴胺的释放，让爱情得以维系，续写白首不相离的传奇。

我们为之骄傲为之癫狂的爱情不是灵魂的礼物，不过生物反应链一个小小的环节上一次又一次机械重复的方程式而已。

魔方旋转，画出完美的曲线。当它的六个面高度拼合，我们将得到足以致幻的幸福作为奖赏。在它带着毒素的甜蜜中，我们固执坚信爱情高贵，不至堕落为动物本能中最底层的化学反应。否则，那些光焰万丈的爱情颂歌该如何被偷偷埋葬？科学冷酷无情，颠覆了无数宗教和神话，却独为爱情网开一面，俯首称臣。

流星划过，擦亮了遥远未知的某处。姑娘双眸里群星闪耀，她刚郑重许下誓言，“山无棱，天地和，乃敢与君绝。”流星为证，她的爱情将带着绝美光焰走过山水，走过光年。

断桥寂然，它是一个时代终结后不复荣耀的孤独巨人。高大的断桥下，永水静默流淌，一如多巴胺在深潜。

杭州，无关乎爱情

雨时断时续，一如年轻时掠过身旁的爱情。是谁在雨中拭去我脸上的水滴？是谁为我撑起伞却淋湿了自己？爱情走到最后只剩下缅怀的伤感，过往在细雨中清晰又淡远，像水幕中的黑白片，灰黑的调子里空着用记忆才能填充的印痕。

不知有多少人去杭州带着和我一样的好奇，寻找那些子虚乌有的传说发生地。爱情故事再一次焕发出无所不能的魔幻力量，这大概是唯一不会让人愤慨的欺人和自欺。情爱无一例外和水有关，咸涩的泪、触目的血或是润滑的体液，甚至连大脑分泌的多巴胺也呈液状流散溶解，蛊惑无数男女催生出爱情。这个多水的城市蕴藏了丰富的原料，适合制造爱情。

白素贞或许是爱情流水线最成功的产品。可惜的是，动人的爱情往往开局美丽而结局并不美好。上帝不允许过于美好的东西存在，完美只允许出现在他的世界里，否则，俗世中人们会失去仰望的动力。

她为何是蛇而不是狐狸？蛇无足，腹部爬行且没有视力，只能卑贱匍匐，靠感觉寻找方向，在行走的缝隙里喘息。无须法海的高深道行，一小杯雄黄酒就能将修炼千年的伪装打回妖异的原形。沉浸在爱情虚幻中的白蛇，不提防地将故事从送“伞”开始。爱情经常依附在有形的物体上，上帝别有用心地挑选了白蛇的定情物，为日后说“散”就“散”的翻脸无情埋下伏笔。

爱情的果实仿佛悬而未决的斯芬克斯之谜，诱惑而不是强迫你去揭晓谜底。揭晓爱情需要智慧。这条路上从来不缺乏披荆斩棘的勇士，可到达终点的胜利者寥寥无几。白素贞倒在看似简单的谜语中，救命恩情值得涌泉相报，在选择回报方式时，她错误地拿起了爱情。爱情是上帝的手中早已写好的剧本，结局早已固定。白蛇，不安分的叛逆者，必将面临上帝的责罚。许仙忠实执行上帝的安排，半推半就接受这女人无偿的爱，然后转身离开。

西湖像情人深情凝视的眸，白堤似眼睑划出一道黑边，瞳仁处的湖心岛一片幽暗，呼之欲出的是泪。风拥着泪水温柔地冲刷雷峰塔底，那里有被镇了千年的爱情痴人。

断桥上一对情侣在拍婚纱照。蓝天、白纱、绿水、红花和笑靥混合成强烈的冲击波，不由分说跃进每个人的视线。幸福时刻如同美景，让人迫不及待想留住它，照片是最为便捷有效的见证形式之一。永恒的东西似乎都无须见证，因为任何方式都不足以巩固永恒，比如时间。需要被见证的是那些如昙花一现般易逝的，比如爱情和婚姻。照片成了人们打败内心恐惧的武器而被赋予了某种特殊的意义。

水的形体随温度而变，更接近爱情的特质。如果可以定义，我更愿爱情有山一样的粗犷和稳健。爱情水质的外衣下，可以是海，可以是溪，也可以是泪。年轻的新人将自己糅合在西湖巨大的泪滴里。上有天堂，下有苏杭，上帝又一次设下一个更大更美丽的陷阱，让无数的男女争相用泪水祝福爱情。

金碧辉煌的歌剧院灯火通明，我衣着华美虔诚等待，即将接受音乐对灵魂的洗礼。曼妙之音宛如天籁，从幕后徐徐传来，忍不住猜想这高亢歌声定出自美丽面庞。掀开幕后，却放着一台正对着麦克风咔咔旋转的录音机。

人们踌躇满志热切追求的爱情只是暗含愚弄的滑稽剧。

可能我以狭隘的心理审视主，偏执地认定他同我一样叛逆，蜗居地下的蚂蚁总难以企及长颈鹿的高度。爱情的空间过于窄小，难以容纳更博大的关怀或接近永恒真理，只有摈弃才能获得超越人性之上的神性和佛性。上帝的王老五身份被涂抹上了悲壮的色彩——他放弃了众多选择的可能，这让牺牲看起来更伟大。

听从主的召唤，我愿放弃爱情，如向日葵只为太阳转动。

生活是一部劣电影

刚晴几日，又雨。伞不得不撑。伞檐下看出去，全是灰，噼里啪啦的雨声里有种沉沉地死寂。伞檐随走动变换角度，远处暗一块，明一块，像被没洗净的抹布胡乱涂过的墙。

色彩即氛围。氛围即心情。

雨中的日子总是苍凉。电影里，每到这时大约会响起《雨中曲》。小提琴暗中嘶嘶地响，假是假得很。生活中哪有什么曲。生活竟不如假得无以复加的电影，那么生活无疑是劣电影了。

妖声鹤唳

看《封神灭妖》。看神话好，不会挑剔内容的真假。别的不行，和自己距离太近，细节上会较劲，平白坏了情绪。有沙子落在眼里，受得了？神话隔得远，就算沙子落下来，落在别人眼里。

看着，突然心惊了起来。郑重其事的封神，怎么是一场暗藏玄机的人事？

纣无道，周取而代之。纣是不是真无道？不知道。真假谁说了算，周。纣若是有道，周岂不是大逆不道？改朝换代这样多，难道历史上所有的朝代竟然都是坏的?！胜利者有权不受批评。

改便改，偏要以神仙之名。再假手以妖。神不爱人，要不该取出一根肋骨，而不是用泥土。人不过是神们棋盘上玩弄的小玩意。为何不直接起手落子？欲擒故纵，嫌直接弄坏棋子不够刺激？

改了朝换了代，神人都得了千秋功业万世美名。妖憨直，无辜落得个坏名声，丢了性命。神和人都暗藏了心机。

妖鞠躬尽瘁，被灭，糊里糊涂，可怜。

神被人利用，还嫁祸于妖。德不配位，可怜，可耻。

人隐身幕后。假卑躬神，武器完神，还篆《封神》，大书特书神的不义不仁。棋子移动棋盘，移动下棋的人。

咬文嚼字

“对自然美抱有直接的兴趣，是心地善良的标志。”什么是“直接”，少有人说得清。哲学向来只负责发现问题。开始还糊涂地明白着，到后来就只剩糊涂。有些哲学读着像童话。有些童话看着像哲学。

春天的自然，在好多人心里是跟野菜粑粑画等号的。甚至于，“自然”是天然，“美”的概念出于人工，都不该凑合在一起似的。权当有“自然美”。有“自然”，也有“美”。

想起“文艺腔”。自当是有“文艺”，也有“腔”。但后来，不知怎的，“腔”调越来越十足，溢出来似的。“文艺”于是湮没了，消失了。

爱花者众。人多爱鲜花，鄙残花。残花非花？众人爱的是“鲜”，不是“花”。

世间的假名托姓，假戏真做，常如此。长如此。

热心肠

好心人有两种：糊涂的，不糊涂的。

糊涂的好心人觉得对自己好的人对别人也肯定好。不糊涂的，分得清有些人对自己不一定好，但对别人好。

“己所不欲勿施于人”人人都懂。“己所欲勿施于人”大约是很多人不知道，也不明白的。

东坡肉再好，也不适合素食者。

不糊涂的好心人对我无情，敬之；

不糊涂的好心人对我有情，爱之；

糊涂的好心人对我无情，观之；

糊涂的好心人对我有情，远之。

不能不远啊。好多糟糕的结果，都是因为一句“我是好心”。

一个地方的风景在于它的伤感

去杉木桥的胡家大院路上，老爸反复说起一位老同事是那里人，22 年前他送这位同事的遗体时来过。多年前的事记得那样清楚。这几年，他连我的生日都记不住。我不介意。他却变得小心。我俩都明白：时间不再友善。我怕有一天会像他。以前什么都怕，就是没怕过时间。现在别的都不怕了，唯独越来越担心时间。

这个胡家不是老爸到过的胡家，这一带好几个院子都姓胡。凡事到了回忆的时候，就真真假假地掺杂在一起，真实得像假的一样，假的反倒成了真。时间对回忆也失去了耐心。

一派残破，像被时间洗劫过。

"这个院子不大呢。"我说，院外有晒太阳的村人。

"以前比周家大院大多了。"村人不以为然样。

比周家大院还大？看不出来。自家的总比别人好。细究下，热爱的成分里多少是有些自恋的。

"没破的房子都是水砖砌的，这地方一直穷。"水砖就是泥砖。周家大院是有青砖的。

"这地方再多的钱也修不好了。人都没了。"

好些人说时间像池子，过去的统统盛在里面。其实时间只是渠，人一个一个走过，事一桩桩一件件流过，没有什么可以留住。人没了的地方，多美都是伤感。

命运是个盲聋者

跌跌撞撞的，同一条路上跌倒那样多次。

“人不能两次踏入同一条河流”，不是赫拉克里特不对，就是我错。时间的河里，人人都是视而不见的盲者。

命运一定也是这样。谁呼唤都听不见，不回答，莽莽地撞过来，谁都避之不及。

酸楚关系

思想家和世界的关系有两种：相信，怀疑。世界无往不是枷锁，好在思想太多余，多到枷锁不够用了。

文艺家就难过些。文艺时时要表达人性、人心。过去，人性人心都有，不过分了“好”和“坏”。现在，人性和人心都没了，只剩下人。有时恐怕连“人”都称不上。文艺家只剩怀疑。

如若不能思想，也不通文艺，却不得不活着，便只有相信。不信活不下去。盲目生活才能诞生生活家。

人总是用情人的眼看世界。世界看人也像情人，不过是旧情人。这便是人和世界的酸楚关系。

千年风月

1073年元月，杭州西湖，晴后初雨。

湖心亭丝竹悦耳，觥筹声起伏，一个男子端着酒杯心有戚戚——因上书批驳王安石新法遭弹劾，他自请离京。往事蹉跎，白首难忆。湖面野草丛生葑泥淤积，他暗下决心，倘重得垂怜定当疏浚西湖，让每一个春晓都烟柳笼纱，婉转莺啼。西湖泪眼蒙眬，这是它苦等了两百年从此共续传奇的人。微雨如烟，湖心亭在水墨长卷里静立。

歌舞的队列里有个女子，眉眼间似也笼着团轻雾，素净的新衫，粉黛未施，沉默少言，在绿肥红瘦莺莺燕燕里煞是别致。旁人都是湖中花，她却是堤边柳，不动声色自得风流。他心中一动，眼前人竟似踏梦而来，在雨中，在山长水阔的绵绵孤寂里。女子叫王朝云，西湖名妓色艺双绝。心动阳光般铺开，他挥毫，行云流水，“水光潋滟晴方好，山色空蒙雨亦奇。欲把西湖比西子，淡妆浓抹总相宜。”他没想到，此时的抒怀竟会和他的名字——苏东坡，一起成为千古绝唱。那晚，月不落他处，全朗照在朝云善睐的眸。若干年后，这月还会在惠州上空，以不变的清辉拂过孤山上一座寂寞的墓碑。

只是因为人群之中，多看了你一眼。

1075 年正月二十日，山东密州。寒冬似刀，割透知州府森严的院墙直逼书房。东坡颓坐案前，他刚从梦中惊醒。摇曳的烛火勾勒出他的身影，和身上黑色大氅连在一起，是屋里另样的夜，冷得绝望。忧郁像钱塘潮拖着他坠下深渊，在无法承受的虚空里，他必须挽留住最后的重量。“十年生死两茫茫。不思量。自难忘。千里孤坟，无处话凄凉。纵使相逢应不识，尘满面，鬓如霜。”

夜已深，府内寂寂。他听见自己的呼吸穿越夜，穿越绝望，呐喊着落在眉山，停在香樟掩映的一座老坟上。黄土下埋的是他的发妻王弗。案头的烛，一如千里之外的月光。

月升月沉，两年间以不变的轨迹起落，而东坡飞扬的词句已划过王朝云淡扫的峨眉、王闰之跌宕的胸怀和王弗野草丛生的坟冢，划向更辽远的时空。西湖月渐隐，密州月空寂，眉山月已沉。爱如烈焰炙热灼人，每一次忘我投入换来的都是遍体伤痕，直到最后一丝力竭，直到用自己把火堆点得更亮。

向火而生的人，一生可以经历多少这样的凝视，多少年的脱胎换骨才能浴火重生再次写下爱的传奇？

海枯石烂地老天荒的爱情似乎只在文人的笔下跌宕起伏荡气回肠，现实太单薄，太不堪，难以成为爱情坚如磐石的土壤。被歌颂和羡慕的爱是高天流云，不能沾烟火气，哪怕投下一丝阴影就成了庸常。可供追忆的爱情和故乡都不能真实触碰，它们最好的去处就是躺在文字中安静发酵，留给后人描绘和想象。长情是仁者的美德，智者的抉择，移情才是凡人本能的顺应。

或许，东坡千古只一人。亦或许，千古文人都这般。文人多是风流种，古来少有痴心人，他们的好奇和笔触只向未知的领域探索和延伸。常人向往的现世安稳岁月静好，却是遏止艺术生命的最大敌人。东坡是俗人，才把西湖比西子；其他人更甚，步了东坡后尘，再也脱不开比西湖为美人的巢窠。

苏堤蜿蜒，西子的眼睁开，凝视湖中接天莲叶，凝视着东坡诗句里千古传唱的爱情。

风过，莲轻移，宛若浣纱女子波浪起伏的腰身。清晨它们以素净的白衣登场，夜晚红裳归来，如昼伏夜出的女子更换了艳丽的妆容登上夜场的舞台纵情狂欢。荷花头顶盛大霞帔，纤细的茎秆摇摇欲坠，绿意下淤泥和腐枝被妥善遮盖。莲藕中空，反复漂洗后的纤维管里依旧淤泥充塞，似提醒：没有什么可以无视周边洁身自好独善其身，何况是本就虚浮不实的藕根。

人们不遗余力地歌颂从一而终的品性，由衷赞美见微知著的行为，偏好清雅的外形和色彩，除了荷花，似乎没有其他植物因花朵硕大因善变备受推崇。它是高明的演员，洞悉自我表现之道，深谙如何隐藏如何表露的界限和分寸，只需稍加演技，便赢得满堂喝彩。连洞穿一切纷纭的睿智佛祖也察焉不详地伸出手指。他的指尖是众生难以企及的高处，用尽生命也无法追随的慈悲。荷花用高贵的头托起佛的脚跟，全然忘了君子本该无欲无求，保有独立和清高的气节。左右逢源向来遭人唾弃，荷花却独获世人和佛家青睐，不洁善变被刻意忽视，成为清白和信仰的化身。

2019 年 5 月 17 日，惠州孤山，雨后初晴。

这里的湖也叫西湖。东坡不仅给此处留下了“日啖荔枝三百颗”的绝佳吸睛广告，也因陋就简复制了西湖。凤凰木环湖盛放，火焰般硕大的花朵似燃烧的箭镞密集射向天空，它是世界上最鲜艳的树种之一，只有充足的阳光和温度才能保证它繁茂生长。在色彩和气质同样奔放浓郁的岭南，东吴的烟柳过于扭捏小气。冬季，颀长的羽状叶片脱落，似天使纷纷坠地的翅膀。它的花朵和落叶与爱情的特质何其相似，为何没有成为爱的范本，却让松——缺少色彩和变化之物——担纲成多变爱情的象征？

是谁让这么多阴差阳错粉墨登场？是因为我们精心筛选，只愿看见我们想看见的东西，选择表达；还是我们太习惯给事物贴上简易标签，然后一劳永逸地遵循。

游人稀少，孤山显得有些寂寥。六如亭下王朝云葬于此，东坡手书“不合时宜，唯有朝云能识我；独弹古调，每逢暮雨倍思卿”至今醒目。雨纷纷，不知是东坡思卿的高山流水，还是王弗目光里凝结的幽怨。皓月当空，苏堤玲珑。“苏堤玩月”，玩，才是东坡本性，“赏”“品”“邀”……都太过郑重，难有挥手自兹去的轻盈。若非人生多艰，若是身康体健，东坡是否会续写新篇，将爱的小令咏叹成不竭的史诗？

先生已去，无法再斥我狂妄，更无法尖锐指出我也是在选择性表达。他的身躯肥沃了土地，名字和文章一起，成为后世人们的各取所需。

莲花将开，湖中月好。风月无边，适合猜想。

科技的遗憾

空间探测器和高倍望远镜发现了数量惊人的恒星，却没找到天堂。

飞船以每秒十数千米接近光速的飞行，离宇宙的绝对零度愈近，离太阳的温度和热烈愈远。

仪器能穿过细胞壁，能看清重组裂变，却看不见人心。

卫星精准定位到每一个城市、街道、建筑……甚至每一个人眼神和表情，却不能回答：你是谁，来自何处，去向哪里。

你看到的也许是个假象

海底不是底。海底是漏的，有流体在跑出来。比如大洋的中央有热液，周边有冷泉。数量更大的是海底下的地下水，一旦板块活动出现裂缝，就会重新涌出回归海洋。

2000 到 3000 米的海底，地球上生物多样性最高的地方之一，数量巨大的微生物被封存在地层孔隙微小的空间，依靠地层的有机物生存，寿命动辄以万年甚至百万年计。不是所有生命都要依靠太阳。

海底有体型巨大的热液生物群，管状蠕虫通常有一米多，最长的达到两米五。蠕虫没有嘴，也没有消化器官，依靠细菌通过化学合成作用制造有机物。生物不吃食物也可以活着。

常以为了解这个世界，其实你知道的世界只是很小的一部分。眼睛看到的不一定都是真的，只是希望看到的。这能带来一种确定感。确定感让人稳定，没有人喜欢摇摇欲坠的世界。以无知构建世界。越无知，越确信。

变形记

“怎么可以这样美?”朋友圈里，友问。不知道她指的是景还是人。其实她看到的是摄影精心营造的假象。不仅是摄影，技术和艺术甚至是眼睛，映射的都是经过选择的片面，残缺或变形的场景。印刷术和数字化改变的不仅是认识世界的手段，而是认识论本身。

人都愿意相信自己亲眼所见，却没意识到：这个世界是谁，以什么样的方式呈现在我们眼前。这才是决定你能看见的世界的根本。呈现即假象。很多时候不真实比真实更重要。

从绝对真理来说，一个圆的几何形状固定不变。但从不同的角度观察，它会变成椭圆甚至是线段。你能看到的根本不是圆。

很可怕？当然不。我们的眼睛只能看到椭圆和线段，也只有它们可以被表现出来。如果试图完全按照真实的几何图形作画，画面会被扭曲，没有人能看出那是什么。

世界需要被呈现。呈现才能增进认识。假象有时比真相更真实。

不要试图在朋友圈里寻找真相。朋友圈里没有真相。

太阳之外

地球表面灼烧。它每小时接收相当于 200 万亿度电的太阳能量，一切生命都对它顶礼膜拜。

人们忘了，再绝望的黑暗也只会让方向迷失，导致彻底失明的是炫目强烈的光。

人们也忘了，太阳只是银河系千亿颗恒星中最普通的一颗，只因为离地球最近便安心享用了人类所有的赞美，变得无上荣光。

千亿个“太阳”夜空里闪烁。它们躲在被视线忽略的地方持续放射能量。也许宇宙的某处，另一些生命正在被这些光线滋养。

维持生命的温度和摧毁性的伤害来自相同原因：偶然的位置，适当的距离。

发明时间

世界本无时间。人发明了钟表才有了时间。时间是人类凭借想象总结出来的宇宙规律。一秒，一分，一小时……钟表把时间从人类活动中分离开来，同时使人相信时间可以精确计量，不断向前。

一个人如果掌握了改变时间的方法，那他就拥有了信徒们眼中上帝的力量。制造出了掌握时间的工具，就掌握了与宇宙抗衡的武器。

宗教许诺幸福，科学只承诺真理，它们对喜怒哀乐不闻不问，无动于衷。对于渴望梦想的头脑来说，光有宗教和真理远远不够，想象和欲望才是确定目标和行为的隐形动力。

科学摧毁了宗教，虽然宗教本就满是孔洞，但科学扯下它最后的寸缕。没有任何力量能够恢复被科学摧毁的幻觉，就像连上帝都无法让河水回流到源头一样。

游离于躯体之外的灵魂，无处安放。

后记

越来越多人隐身，倾心于即时便捷的快乐，我是少数还在微信里记录生活的人。联系人不多，且视为可相交的朋友，这让我有了以最大真实袒露思想和情绪的自由。和朋友圈里沉默稳重的中年人相比，我是任性的野孩子。

生活如无风海面波澜不惊，我却相信其下密布礁石暗藏危机。将风暴隐于头脑，试图用文字穿刺平静直击海底，像海滩上搜寻蟛蜞洞穴的孩子，每一次发自内心的好奇探索带来的却是毁坏和颠覆。生活中，我是另一个野孩子。

野孩子不讨喜。生活的剧场热闹，因演员和观众的双重缺失，偌大的剧场中只上演我一个人的独角戏。这里收录了我这几年来的部分文字，缺少万象包罗的恢宏和直抵灵魂的力量，但每个字都拼尽全力。

感谢剑美作序，海天君和魏湘江君为封面增彩，郑山明君为文字润色，野孩子的独角戏乏味，他们亦师亦友，看完最后一幕需要的不仅是宽容和耐心。感谢陪我时光中一路走过的每一个人，我爱你们。感谢生活许以舞台，让我浓墨重彩尽情表演。